UNE AFFAIRE
DE FAMILLE

Remerciements

Les Éditions du Vermillon remercient
le Conseil des Arts du Canada,
le Conseil des arts de l'Ontario
et la Municipalité régionale d'Ottawa-Carleton
dont elles ont reçu
une subvention globale.

Données de catalogage avant publication (Canada)

Somain Jean-François, 1943-
    Une affaire de famille : roman

(Collection Romans; 12)
ISBN 1-895873-27-4

    I. Titre.

PS8587.0434A75 1995   C843'.54   C95-900576-5
PQ3919.2.S65A65 1995

ISBN 1-895873-27-4
COPYRIGHT © Les Éditions du Vermillon, 1995
Dépôt légal, septembre 1995
Bibliothèque nationale du Canada

Romans, n° 12

JEAN-FRANÇOIS SOMAIN

UNE AFFAIRE DE FAMILLE

ROMAN

Œuvre reproduite sur la couverture
Une affaire de famille
aquarelle sur papier
Paul Roux
1995
21 cm x 31 cm

 Vermillon

Du même auteur

- **Dernier départ**, roman, Éditions Pierre Tisseyre, 1989.
- **Vivre en beauté**, nouvelles, Éditions Logiques, 1989.
- **La nuit du chien-loup**, roman, Éditions Pierre Tisseyre, 1990.
- **La vraie couleur du caméléon**, roman, Éditions Pierre Tisseyre, 1991.
- **Le soleil de Gauguin**, roman, Éditions Pierre Tisseyre, 1993.

Livres pour la jeunesse

- **Tu peux compter sur moi**, roman, Éditions Pierre Tisseyre, 1990; traduction japonaise, 1993.
- **Excursions - Module V**, nouvelles, Éditions Pierre Tisseyre, 1992.
- **Parlez-moi d'un chat**, roman, Éditions Pierre Tisseyre, 1992.
- **Le baiser des étoiles**, roman, Éditions HMH, 1992.
- **Du jambon d'hippopotame**, roman, Éditions Pierre Tisseyre, 1993.
- **Le secret le mieux gardé**, roman, Éditions Pierre Tisseyre, 1993.
- **Moi, c'est Turquoise**, roman, Éditions Pierre Tisseyre, 1994.
- **Le sourire des mondes lointains**, roman, Éditions Pierre Tisseyre, 1995.
- **La traversée de la nuit**, roman, Éditions Pierre Tisseyre, 1995.

Sous le nom de Jean-François Somcynsky

- **Les rapides**, roman, Le Cercle du Livre de France, 1966.
- **Encore faim**, roman, Le Cercle du Livre de France, 1971.
- **Les grimaces**, nouvelles, Éditions Pierre Tisseyre, 1975.
- **Le diable du Mahani**, roman, Éditions Pierre Tisseyre, 1978.
- **Les incendiaires**, roman, Éditions Pierre Tisseyre, 1980.
- **Peut-être à Tokyo**, nouvelles, Éditions Naaman, 1981.
- **Trois voyages**, chants poétiques, Éditions Asticou, 1982.

- **La planète amoureuse**, roman, Éditions Le Préambule, 1982.
- **Vingt minutes d'amour**, roman, Éditions Pierre Tisseyre, 1983.
- **La frontière du milieu**, roman, Éditions Pierre Tisseyre, 1983
  (prix Esso du Cercle du Livre de France).
- **J'ai entendu parler d'amour**, nouvelles, Éditions Asticou, 1984.
- **Un tango fictif**, roman, Éditions Naaman, 1986.
- **Les visiteurs du pôle Nord**, roman, Éditions Pierre Tisseyre, 1987
  (prix Louis-Hémon de l'Académie du Languedoc).
- **Sortir du piège**, roman, Éditions Pierre Tisseyre, 1988.

La famille

Première génération

OCTAVE
    ADRIEN, son frère aîné
    MICHÈLE, sa jeune sœur

GERMAINE, son épouse
    MARGUERITE, sœur aînée de Germaine

Seconde génération

RAYMOND, marié avec GINETTE
NORMAND, marié avec MARIETTE
SOLANGE, mariée avec ÉTIENNE
YVETTE (sœur jumelle de Solange), mariée avec
    GÉRARD
ÉDOUARD
PIERRE, marié avec MARTHE

Troisième génération (les petits-enfants d'Octave et de Germaine)

Les enfants de RAYMOND et de GINETTE :
    ANTOINE (adoptif, marié avec THÉRÈSE)
    MADELEINE (adoptive)
    LOUISE
    JULIEN

Les enfants de NORMAND et de MARIETTE :
    HUBERT
    DIANE (mariée avec FRANÇOIS)
    LÉOPOLD

JOSETTE
ROGER

Les enfants de SOLANGE et d'ÉTIENNE :
    VIVIANE (de père inconnu, avant le mariage
        de sa mère avec Étienne)
    JEANNE

Les enfants d'YVETTE et de GÉRARD :
    ANDRÉ (marié avec MARYSE)
    HUGUES
    MARIE-ROSE
    LUCIE

Les enfants de PIERRE et de MARTHE :
    JULIE (d'un premier mariage de Marthe; vit
        avec FERNAND et leur fille SYLVIE)
    GASTON (d'un premier mariage de Marthe)
    BRIGITTE
    ALINE

Chapitre premier

VIVIANE

TROIS voitures se dirigeaient vers le village, trois petits groupes attirés par un souvenir, guidés par un souvenir qui s'était peut-être transformé en espoir. Viviane revenait. On ne pouvait pas savoir que cet espoir camouflait déjà un drame qui s'était joué bien des fois entre des protagonistes différents, comme les saisons recommencent inlassablement la même histoire dont l'aveugle renouvellement constitue la précieuse texture de la vie.

Trois voitures se dirigeaient vers le village. Ce n'était plus un village, les années lui avaient apporté des milliers de Montréalais qui cherchaient à s'éloigner un peu de la métropole. Néanmoins ceux qui y étaient nés, y avaient passé leur enfance, le voyaient toujours comme un village, comme le village.

On trouvait encore des fermes dans les environs, certaines plus prospères que les autres. Pourtant, le caractère agricole de la plupart des terres relevait déjà de la fiction. Les gens travaillaient à Montréal, au village, puisqu'il faut l'appeler ainsi, ou dans les environs. Peu de choses les distinguaient des citadins, si ce n'est l'espace dont ils s'entouraient et les souvenirs dont ils ne tenaient pas à se départir.

Viviane venait à peine de retourner au pays et n'était pas encore motorisée. Ne voulant pas déranger ceux qui offraient d'aller la chercher, elle avait préféré l'autobus, qui arriverait à trois heures et quart, après une heure de route.

Yvette conduisait la première voiture. Elle n'éprouvait pas d'attachement particulier pour Viviane mais, après tout, il s'agissait de sa nièce, la première d'une longue série dans une grande famille à laquelle elle tenait plus que tout. Quant au magasin, son mari pouvait bien s'en occuper tout seul. Leur fils Hugues était assis à côté d'elle, l'air songeur, concentré. Il avait vivement insisté pour aller accueillir sa cousine, lui qui passait son temps libre le nez collé sur l'écran de son ordinateur.

Madeleine, la fille adoptive de son frère Raymond, et Léopold, un des enfants de son frère Normand, les accompagnaient. Les jeunes gens avaient l'habitude de se rendre visite chez les uns ou chez les autres dans leurs moments libres et ils se trouvaient chez elle au moment du départ. Yvette aimait la solidité de ces liens entre les diverses branches de la famille.

– Je ne crois pas que je la reconnaîtrai, déclara Hugues.

La dernière fois qu'il avait vu Viviane, il était encore un gamin. Maintenant qu'il avait dix-neuf ans, il croyait que le monde avait changé aussi brutalement que lui.

– Moi, je me souviens à peine de son visage, dit Madeleine, mais je suis sûre que je la reconnaîtrais entre mille.

– Tiens! Et pourquoi? demanda sa tante.

– C'est difficile à décrire. Il y avait en elle une sorte de lumière...

Yvette jeta un coup d'œil sur la jeune femme. Quel commentaire étrange! Bien sûr, on remarquait chez Viviane quelque chose de singulier, mais de la lumière? La remarque lui parut d'autant plus singulière que Madeleine était une femme pratique, bien terre à terre, peu portée sur les images poétiques.

– Elle n'est pas comme les autres, reconnut Léopold. Peut-être parce qu'elle n'a pas été élevée ici.

Alors, pourquoi l'avait-elle si longtemps obsédé? Durant ses années à l'université, il côtoyait des gens souvent inattendus, en provenance du monde entier. Plusieurs étaient devenus ses amis. Cependant, face à leurs comportements parfois inattendus, ou confronté à des problèmes personnels, c'était dans le souvenir de sa cousine qu'il cherchait une première explication.

– Madeleine a raison, dit Hugues. Viviane est lumineuse.

Yvette haussa les épaules.

– Vous parlez comme ça parce que personne ne l'a vue depuis cinq ans. On se met à imaginer les gens, les absents, on les embellit, on en fait des personnages de contes de fées...

Une voiture de police klaxonna et lui fit signe de quitter la chaussée. Yvette se rangea sur l'accotement. Le policier se pencha sur la portière.

– Aujourd'hui, c'est jour de fête! lança Madeleine. Interdit de coller des contraventions!

André, le policier, éclata de rire.

– Je n'ai pas l'intention de commencer à donner des tickets à ma mère! Dites-moi, où est-ce que vous allez?

– Viviane arrive tantôt.

– Je croyais qu'elle prenait l'autobus de sept heures.

– Elle a pu se libérer avant. On va lui faire une surprise.

– C'est bien! Moi, je dois rapporter son album de photos à grand-mère, et je continue mon service jusqu'à six heures. J'irai faire un tour chez Normand après le souper. Bon après-midi!

Il embrassa sa mère et regagna sa voiture. Malgré leur différence d'âge, car Viviane avait bien huit ans de plus que lui, il avait souvent joué avec sa cousine quand il était enfant. Elle ne faisait pas tout à fait partie de la famille. Sa mère, établie à Montréal, venait assez rarement dire bonjour à ses frères et à ses sœurs mais, quand elle passait la fin de semaine et amenait sa fille, André s'entendait toujours très bien avec Viviane. La vie les avait éloignés, et voilà que la nouvelle du retour de sa cousine ranimait surtout des souvenirs agréables, et un trouble qu'il ne cherchait pas à s'expliquer.

* * *

La deuxième voiture appartenait à Josette, une des filles de Normand, qui avait confié le volant à son oncle Pierre. Celui-ci, peu habitué aux voitures japonaises, nerveuses et sensibles, conduisait prudemment. Sa fille Aline et Lucie, une de ses nièces, se trouvaient à l'arrière.

– Si tu continues à faire concurrence aux escargots, dit Josette, nous arriverons à temps pour l'autobus de minuit.

Pierre accéléra, puis ralentit aussitôt.

— Nous sommes amplement en avance. Je ne trouve rien de passionnant à attendre dans une épicerie.

L'autobus arrêtait à l'épicerie, adjacente à une station-service.

— Toujours raisonnable, pondéré, mesuré... le taquina Josette.

— Toutes des qualités qui te font défaut, commenta-t-il, en souriant.

Josette saupoudrait sa vie de passions désordonnées qu'elle ne prenait pas souvent la peine de dissimuler. Pierre se souvint d'un Noël en particulier. Josette, qui habitait alors à Québec, devait arriver pour le réveillon. Les heures passaient, et toujours pas de nouvelles. Son père maugréait, sa mère s'inquiétait, on s'apprêtait à appeler la police et tous les hôpitaux de la province quand Josette avait appelé : elle avait rencontré un homme dans l'autobus, un être merveilleux, le prince charmant, et elle avait décidé de ne pas le laisser se perdre dans la nature. Le lendemain, cet amour fulgurant avait pris fin et elle rejoignit sa famille, simplement, sans regrets et sans excuses. Son père lui avait fait la tête pendant des mois, jusqu'à ce que Pierre eût réussi à le réconcilier avec sa fille trop impulsive.

— J'avoue que j'ai bien hâte de revoir Viviane, dit Pierre. A-t-elle beaucoup changé?

Josette resta songeuse. Il est si difficile de parler des gens!

— Oui... Non, rectifia-t-elle. Il y a en elle quelque chose d'éternel... Elle a changé, disons, comme le soleil. Le soleil n'est jamais le même, et c'est toujours le soleil. Je ne saurais pas expliquer...

– Tu as tout dit. C'est comme ça que je me la rappelle. Un soleil...

Pierre aimait singulièrement Viviane, sa première nièce, de dix ans plus jeune que lui. Pour ses frères, pour ses sœurs, il était le dernier, celui qu'on aime beaucoup, tout en le laissant un peu de côté. Il ne partageait pas vraiment des souvenirs d'enfance avec Viviane. Leur relation s'était développée plus tard, quand il pataugeait dans la vingtaine et que Viviane connaissait une puberté précoce. Pour des raisons obscures, elle l'avait choisi comme confident. Ils ne se voyaient pas souvent. Quand cela arrivait, une complicité immédiate les unissait. Étrangement, ce n'était pas Viviane qui cherchait des conseils, mais lui. Incertain, mal à l'aise avec les femmes, il lui racontait ses difficultés et elle parvenait toujours à lui faire voir plus clair en lui-même. Le regard que cette gamine jetait sur le monde contenait une puissance de concentration qu'il n'avait jamais retrouvée chez personne. Les années avaient passé sans troubler le profond sentiment de solidarité qui le liait à celle qu'il parvenait mal à considérer comme sa nièce. C'était elle qu'il avait consultée avant de décider de faire carrière dans l'enseignement, et il avait attendu de connaître l'opinion de Viviane avant d'épouser Marthe. Dans les deux cas, comme dans bien d'autres, Viviane avait vu juste en dissipant ses incertitudes.

– Je ne sais pas ce qu'il y a en elle, avoua Josette. Dès qu'elle est là, dès qu'elle parle, non, dès qu'on lui parle, tout devient transparent.

– C'est bien elle. Ce n'est pas ce qu'elle dit, c'est ce qu'elle nous fait dire. Ce qu'elle nous permet de dire.

– Avec d'autres, on doit faire attention. Des fois, ça nous étouffe. Elle, c'est comme si elle n'existait pas, comme si elle était un rêve, un miroir.

– Un rêve? s'étonna Pierre. Je me souviens plutôt de la force de sa personnalité.

– C'est aussi vrai. Nous avons soupé ensemble au restaurant. Tu aurais dû voir tous les regards braqués sur elle! Je ne sais pas pourquoi. C'est magique.

– Viviane est une fée, dit Aline.

Pierre se tourna vers sa fille, une enfant de treize ans, qui se tenait sagement à l'arrière à côté de sa cousine Lucie, toujours silencieuse, introvertie.

– Pourquoi penses-tu cela?

– Je ne le pense pas, c'est ce qu'elle est.

Il hocha la tête, sachant par expérience qu'il n'en tirerait rien de plus. La dernière fois qu'elle avait vu sa tante, Aline avait sept ou huit ans. Mais comment s'étonner qu'elle s'en souvînt de cette façon? Viviane fascinait tout le monde, et ce n'était pas une question d'âge.

– Je ne savais pas qu'elle était de retour, poursuivit Josette. Un jour, elle m'a appelée. Je ne reconnais jamais les voix au téléphone. Eh bien, j'ai tout de suite su que c'était elle! Comme si le temps ne comptait pas.

– Elle disparaît pendant cinq ans, et ces cinq ans n'existent plus. Ça a toujours été comme ça.

– Parce qu'elle ne nous quitte jamais, dit Aline.

Cette fois, Pierre frémit. Ce ton adulte, chez sa fille, le prenait au dépourvu. C'était exactement le ton de Viviane, quand elle avait cet âge. Se pourrait-il que sa fille ait hérité des mêmes gènes? Il pensa alors à

Jeanne, la demi-sœur de Viviane. Elles étaient plusieurs, dans la famille, à partager ce regard pâle et profond.

Troublé, il se tourna brièvement vers Josette.

— De quoi avez-vous parlé?

— C'est tellement difficile à dire! Elle racontait tant de choses! Sans insister, comme en passant. Quand on a fait le tour du monde pendant des années!... Ce que je sais, ce que je peux dire, c'est qu'après, je me suis sentie bien pendant des jours.

— La vitamine Viviane! Je connais bien cela. On l'absorbe sans s'en rendre compte. Depuis combien de temps est-elle de retour?

— Deux semaines. Tu sais, c'est elle qui a parlé de venir passer la semaine ici. Étonnant, n'est-ce pas?

— C'est vrai. Elle n'a jamais eu l'esprit de famille. Il aurait été plus dans son genre de rencontrer chacun séparément.

Il éprouva même une pointe de jalousie. Pourquoi Viviane avait-elle choisi d'appeler Josette plutôt que lui? Et pourquoi avait-elle préféré loger chez Normand? Il y avait aussi de la place chez lui!

— Les fées viennent souvent aux fêtes, rappela Aline. Elles aiment bien rencontrer le monde, même si elles arrivent à la fin.

— Cette fois, précisa Josette, elle n'avait pas le choix, la fête est pour elle.

* * *

Jeanne, Hubert et Julie se trouvaient dans la troisième voiture. Ils étaient tous cousins, et Jeanne était aussi la demi-sœur de Viviane. Les mains sur le volant, les yeux sur la route, Hubert songeait à Madeleine et à Viviane dans un chassé-croisé inattendu. Spontanément, sans se demander pourquoi ni comment, il rêvait que Viviane, comme un soleil, pourrait faire éclore des fleurs secrètes qui deviendraient le bouquet parfumé du plus bel avenir. Madeleine se doutait-elle qu'il l'aimait? Ils s'entendaient tellement bien, tous les deux! Cousin et cousine, presque frère et sœur, depuis si longtemps complices et solidaires, et séparés par un abîme dès que surgissait le moindre soupçon de désir.

C'était pourtant lui qui l'ouvrait, cet abîme! Il le savait trop bien. Il craignait qu'une simple suggestion amoureuse ne troublât à jamais la limpidité des liens qui l'unissaient à Madeleine. Devait-il risquer le tout pour le tout? Comment le prendrait-elle? Non, mieux valait garder son secret pour lui.

Et si Madeleine éprouvait le même élan et obéissait aux mêmes craintes? Si elle rêvait de l'aimer et hésitait à lui en parler, de peur de s'embourber dans une passion à sens unique qui ruinerait leur relation? Attendre au moins qu'elle fasse le premier pas? N'est-il pas atrocement injuste de s'en remettre toujours aux autres, de les acculer aux premières confidences?

C'est alors que Viviane apparaissait comme une marraine bienveillante, une divine entremetteuse. Pourquoi? Parce que dans ses souvenirs, elle était celle à qui l'on pouvait tout dire, celle qui comprenait tout et ne jugeait jamais. Ou plutôt oui, elle jugeait, mais ne condamnait pas, et faisait ressortir la beauté des mouvements du cœur.

– C'est étrange, n'est-ce pas? dit Julie. Viviane disparaît pendant cinq ans, sans donner de nouvelles, sans envoyer la moindre carte de Noël, les moindres vœux d'anniversaire. Et la voilà de retour, et nous lui offrons une fête.

– Quelqu'un a déjà fait une parabole sur l'enfant prodigue.

– Je n'y avais pas pensé. De toute façon, il ne s'agit pas de cela. Nous ne savons pas comment elle a vécu ces cinq années.

– Quelle importance? Elle peut tout se permettre.

En vieillissant, Julie fréquentait de moins en moins sa famille, cette foule d'oncles et de tantes, de cousins et de cousines dont elle ne prisait guère les jugements étriqués et conventionnels, du moins lorsqu'ils se trouvaient en groupe. Parmi eux, cependant, Viviane lui apparaissait toujours comme une rebelle, une personne à part, quelqu'un selon son cœur.

– C'est juste, reconnut-elle. Quand je pense à une liberté complète, je pense à Viviane. Une manière douce et tranquille de vivre sans contraintes, sans inhibitions. Son retour, c'est autre chose. Nous la célébrons, nous lui préparons une fête pour lui dire que nous l'aimons infiniment. La question que je me pose, c'est celle-ci : comment fait-elle pour inspirer autant d'affection, alors que nous la connaissons vraiment si peu?

– Parce que c'est elle, répondit Jeanne.

Elle parlait rarement et on oubliait facilement sa présence. Assise sur le banc arrière, elle n'avait pas ouvert la bouche depuis leur départ. On s'était habitué à son silence. Jeanne vivait dans un monde intérieur, très beau, inviolable. Cependant, elle voyait tout et écoutait tout.

– C'est la seule raison, reconnut Julie. Moi aussi, dès que j'ai su son retour, je me suis sentie heureuse. Qui est-ce qui a eu l'idée de cette fête?

– Josette, je crois.

– Peut-être qu'elle l'a proposée. En fait, ce serait bien la première fois qu'on s'occupe de ce qu'elle dit.

Une brume de tristesse traversa les yeux d'Hubert. Lui non plus, il ne prenait pas souvent Josette au sérieux, la sœur qui avait mal tourné, le mouton noir, après avoir été pendant toute son enfance le souffre-douleur de la famille. Cela, sans malice, sans méchanceté, comme une habitude regrettable. Quand quelqu'un faisait un mauvais coup, c'est Josette qui était blâmée. Elle ne se défendait jamais, et acceptait les punitions sans rechigner. Comme elle était malhabile, on la soupçonnait d'avoir brisé un vase, ou déchiré un drap. Elle avait grandi, et on avait cessé de s'acharner sur elle. En revanche, on tenait pour insignifiants ses problèmes personnels. Ses opinions n'intéressaient personne. Depuis qu'elle avait quitté la famille pour s'établir à Québec, puis à Montréal, elle s'était gagné une réputation trouble. Elle fréquentait des milieux douteux, refusait qu'on lui rende visite à l'improviste, cachait sa vie privée avec un entêtement coupable.

Madeleine comptait parmi les rares personnes qui sympathisaient avec Josette, et son père, très à cheval sur les bonnes mœurs, lui avait vivement conseillé de cesser de la voir, de peur qu'elle ne subisse son influence. Sans chercher à affronter son père, homme autoritaire et toujours sûr de lui, Madeleine continuait à voir sa cousine, presque en cachette. Si Josette était devenue une prostituée, comme certains le murmuraient, cela ne regardait qu'elle et ne lui enlevait aucune de ses qualités. Un métier en vaut un autre et on se débrouille comme on peut pour survivre.

Spontanément porté à partager les moindres sentiments de Madeleine, Hubert avait alors commencé à penser que sa sœur pouvait être une personne intéressante. Il se reprochait même sa part de responsabilité dans l'enfance souvent difficile de Josette. Mais il ne le lui avait jamais dit.

– Josette a suggéré à maman que Viviane vienne passer quelques jours à la maison, puisque nous avons tellement de chambres libres. Papa a hésité. Tu te souviens que Solange et lui, c'est souvent l'huile et le feu. Avoir la fille de Solange chez lui, ça ne l'attirait pas tellement. Léopold, avec son enthousiasme habituel, n'a pas vu les réticences de papa. Au contraire, il a dit que ce serait l'occasion d'organiser une grande fête de famille, comme on n'en a pas vu depuis les noces de Diane. Et l'idée a fait boule de neige, surtout quand grand-père s'est mis de la partie.

– Il y a plus que ça, insista Julie. Il ne s'agit pas d'une fête de famille, c'est une fête pour Viviane.

– Tu as raison, mais qu'est-ce que tu veux que je te dise?

– Je me pose des questions, c'est tout. Par exemple, notre façon de l'accueillir. Nous y allons plutôt en grand nombre, tu ne trouves pas?

– Vous savez très bien pourquoi, dit Jeanne. Même si c'est impossible à expliquer.

Elle se redressa sur son siège, comme quelqu'un qui reprend sa place dans le monde après un long sommeil. Pourquoi les gens ont-ils toujours besoin de paroles? Ce qu'il y a de plus précieux dans la vie se passe toujours dans le cœur, et là, tout est diaphane. Dès qu'on cherche à y mettre des mots, on complique la réalité, on la déforme, on se perd dans des culs-de-sac.

– C'est quoi, cette histoire de cinq ans d'absence? Viviane est celle qui ne quitte jamais personne.

Julie sourit. Elle aimait beaucoup sa cousine, tout en trouvant toujours surprenant d'entendre cette adolescente de dix-sept ans parler de cette façon. Elle lui donnait souvent l'impression d'un ange qui passe, qui n'appartient pas vraiment au monde.

– Et cela, ajouta Jeanne, nous le savons tous.

Hubert hocha la tête, en silence. Comme tous dans la famille, il n'avait connu Viviane que de façon sporadique. Pour des raisons très anciennes, sa tante Solange, la mère de Viviane, ne venait au village que de temps en temps, pas plus de deux ou trois fois en une année. Il y avait toujours des absents, et Viviane ne rencontrait jamais tout le monde. Lui-même, il avait souvent passé un an ou deux sans voir sa cousine. Quand ils se retrouvaient, elle ne demandait jamais ce qu'il avait fait depuis leur dernière rencontre. Elle renouait au point précis où elle l'avait laissé, en devinant par surcroît ce qu'il était devenu. Et elle agissait de cette façon avec tout le monde. Elle ne disait même pas au revoir quand elle partait. Peut-être, comme le suggérait Jeanne, parce qu'elle ne les quittait pas vraiment.

– Tu sais, Jeanne, dit Julie, si je croyais en la réincarnation, je penserais que tu es celle de Viviane. L'image n'est pas bonne, puisque vous êtes toutes deux vivantes, heureusement. N'empêche que vous vous ressemblez tellement!

– Avec la même mère, ce n'est pas surprenant, commenta Hubert.

– Tu es différent de tes frères et de tes sœurs. Vous ne vous ressemblez en rien, les enfants de Normand, ni à votre père ni à votre mère. Jeanne a la même lumière intérieure que Viviane, et ça ne lui vient pas de Solange.

Hubert se retint de rappeler que nul ne connaissait le père de Viviane. C'est d'ailleurs parce qu'elle était fille-mère qu'on avait ostracisé Solange pendant bien des années. Ensuite, on avait passé l'éponge, ou on avait oublié, ou on avait trouvé que cela n'avait aucune importance, qu'elle avait même été en avance sur son temps. C'était sans doute à cause de cette condamnation initiale que Solange avait peu fréquenté sa famille.

— La lumière, c'est Viviane, précisa Jeanne. Moi, j'ai seulement celle qui me vient d'elle quand je pense à elle.

— Alors, tu dois y penser souvent.

— Je pense toujours à elle, dit Jeanne.

* * *

Sans se presser, Hubert arriva le premier à la station-service. Les deux autres voitures apparurent pendant qu'il faisait le plein. Spontanément, Hubert alla rejoindre Madeleine, avec le plaisir d'une bête qui se dirige vers l'abreuvoir. De quoi pouvaient-ils parler, sinon de Viviane?

— Tout a tellement changé, en cinq ans! remarqua la jeune femme. Elle ne reconnaîtra rien. Antoine, André et Diane se sont mariés. Julie vit avec Fernand. Pierre s'est construit une nouvelle maison. D'autres ont rénové la leur, ou ont déménagé. Ils ont changé d'emploi, ou ils ont commencé une carrière. Il y a bien sept ou huit nouveaux enfants. C'est extraordinaire, n'est-ce pas?

Toute cette vie qui continuait, qui avançait, dans sa belle exubérance...

— Et il y a nous deux, ajouta-t-elle.

Il réfléchit, les sourcils froncés. Ce qu'il y avait de nouveau, depuis cinq ans, c'était que Madeleine avait ouvert son salon de coiffure et qu'il était devenu gérant de la publicité d'une chaîne de quincailleries.

– Cela ne l'intéressera pas beaucoup, commenta la jeune femme. C'est quelque chose en nous qui a changé, Hubert. Et tu le sais.

Il sentit son cœur battre plus fort. Tôt ou tard il faudra s'engager sur les sables mouvants et aborder de front la présence troublante de cet amour naissant qui, s'il avait toujours été là, hésitait comme une chrysalide au moment de prendre une nouvelle forme. Ce n'était pas l'endroit pour en parler, avec tous ces gens autour d'eux, et il se contenta de serrer affectueusement le bras de Madeleine.

Yvette et Pierre, les plus âgés, contemplaient l'épicerie, ouverte par leur oncle Adrien, qui l'avait vendue voilà trente ans en dehors de la famille. Jadis, quand ils étaient enfants, la plupart des commerces du village appartenaient à des parents. S'ils grattaient les généalogies, ils découvraient à quel point leur famille avait des branches et des racines dans d'autres familles du village. Parfois il ne s'agissait que de traces, comme l'origine de l'épicerie. Avec le temps, de nouveaux venus s'étaient établis dans la région et leur famille, même tentaculaire, se profilait maintenant sur une masse étrangère. Elle leur apportait néanmoins un profond sentiment d'appartenance, de cohésion, une attitude tribale à laquelle ils attachaient tous le plus haut prix.

– As-tu remarqué que toutes les branches de la famille sont représentées? dit Pierre. Sauf Édouard, bien entendu.

Octave et Germaine, leurs parents, avaient eu un premier fils, Raymond, le gérant de la caisse populaire. Ensuite, les deux jumelles, Solange et Yvette, puis Normand, qui avait hérité de la ferme et de la maison où ils avaient tous grandi. L'autre fils, Édouard, s'était fait prêtre. Pierre était le dernier des six.

Yvette jeta un coup d'œil sur le groupe. L'arbre généalogique, c'était son domaine. Elle connaissait la date de naissance de chacun et pouvait tracer en quelques minutes le vaste organigramme familial. Il y avait là Madeleine, la fille adoptive de Raymond. Ses autres enfants, Hugues et Lucie. Jeanne, la fille de Solange. Hubert, Josette et Léopold, tous des enfants de Normand. Quant à Julie, elle était issue d'un premier mariage de Marthe, avant qu'elle n'épousât Pierre.

— Tu as raison, dit-elle. Je trouve cela tellement beau, quand nous sommes tous ensemble! Je vais dire de bien grands mots, mais c'est en regardant nos enfants, et les enfants de nos enfants, que j'ai l'impression que notre vie a un sens. Ça justifie tout.

Pierre s'esclaffa gentiment.

— Ce que tu veux dire, c'est que l'instinct de reproduction constitue le but principal de la vie. Quand il est assouvi, tout va pour le mieux dans le meilleur des mondes.

— Tu es toujours tellement terre à terre! Enfin, c'est autre chose, une famille! Vivre ensemble... Tous nos souvenirs...

— Tu sais très bien que nos souvenirs, nous n'arrêtons pas de les embellir. On fait des blagues sur les mauvais moments, on les escamote en un clin d'œil, et on souligne de trois traits rouges les époques les plus agréables.

Yvette secoua la tête, pas pour nier ce que son frère venait de dire, mais pour rejeter son commentaire. Évidemment, dans une vie, il y a des moments moins heureux, des erreurs, des gestes qu'on regrette. Et il est bon de les oublier.

– Tu te souviens de Viviane, quand nous étions plus jeunes?

– Oui, dit-elle, je m'en souviens. Quand elle venait, elle jouait avec les autres et c'était beau à voir.

Elle avait haussé le ton, pour imposer sa version. Son frère secoua la tête, doucement.

– Je crois surtout que nous avons souvent été injustes envers elle.

Pierre s'éloigna en direction de Jeanne, qui se tenait à l'écart, le regard sur la route. Plutôt que de donner à sa sœur l'occasion de discuter de leur comportement, il voulait lui laisser le loisir d'y réfléchir. Yvette se rappela alors la naissance de Viviane. Solange, enceinte, avait été envoyée chez une tante, à Montréal, pendant les derniers mois de sa grossesse. À cette époque, on cachait les filles-mères. On avait même exercé des pressions sur Solange pour qu'elle mette sa fille en adoption, sans réussir à forcer la ferme opposition de sa tante. Peu à peu, on avait pardonné à Solange son incartade de jeunesse. Par contre, on avait vu Viviane comme l'enfant du péché. Ces attitudes appartenaient à une époque révolue, au début des années cinquante, et Pierre se montrait bien cruel en les lui rappelant. Un peu plus, et il prétendrait qu'ils avaient décidé de célébrer le retour de Viviane pour exorciser un sentiment de culpabilité!

Froissée, elle fonça en direction de son frère pour rectifier les faits, et se calma en marchant. Oui, il avait raison, ils s'inventaient des souvenirs, Viviane n'avait pas joué avec des enfants de son âge, puisqu'il n'y en avait pas. Elle devait avoir déjà huit ou dix ans quand les enfants avaient commencé à arriver. Elle avait été pour les plus vieux une sorte de grande sœur. Là encore, on s'était méfié de l'influence qu'elle pouvait avoir sur eux. Oh! tant d'années avaient passé! Au lieu de ressasser ses erreurs, il valait mieux passer l'éponge.

– Le voilà! cria Léopold.

Deux minutes plus tard, l'autobus s'arrêtait devant l'épicerie. Trois passagers descendirent, dont une jeune femme. Elle attendit que le conducteur lui passe sa valise.

Jeanne s'élança la première et courut la serrer dans ses bras.

– Je suis tellement contente!

Viviane la garda blottie contre elle un long moment. Elle aperçut alors le groupe qui l'entourait. Elle s'attendait à trouver Josette, peut-être Pierre, pas une dizaine de personnes. Une joie tranquille traversa son visage, comme l'aile d'un ange.

– Au nom du comité d'accueil, je te souhaite la bienvenue parmi nous! lança Léopold, habile à prendre les situations en mains.

– Merci. C'est touchant... murmura Viviane.

– Tu dois cependant passer un test. Il s'agit de reconnaître au moins cinquante et un pour cent d'entre nous.

Yvette, embarrassée, essaya de lui faire changer d'idée. À quoi ça rimait, tout cela? Les adultes, passe encore, mais les enfants et les adolescents avaient bien changé en cinq ans. Ce serait tellement embarrassant de voir la jeune femme hésiter!

– Viviane est une vedette, insista Léopold. Notre vedette! Nous l'avons suivie tout le long de sa vie. Je sais, nous n'en connaissons que des bribes. Un jour elle travaille au ministère de l'Immigration. On n'a pas le temps de se retourner qu'elle habite en Indonésie. Ou bien on la retrouve dans le Mouvement Desjardins, ou au Centre de recherches en développement international. Elle fait deux ou trois fois le tour du monde. Nous, nous restons là, à l'attendre. Je veux savoir si elle se souvient un peu de nous.

Viviane baissa la tête, en souriant, en se disant peut-être qu'il était plus facile de céder à ce défi puéril que de s'y dérober. Puis elle lui mit les mains sur les épaules.

– Qu'est-ce que tu veux mesurer, Léopold? Mon affection, ou les qualités de ma mémoire? Comme si je pouvais oublier tout ce qui m'est cher...

Et elle les embrassa, les uns après les autres, en prononçant distinctement le nom de chacun. Et il y avait beaucoup plus, elle donnait l'impression de connaître, en un coup d'œil, la vie de chacun, et de marquer chaque visage d'une approbation infinie.

Fascinée, Madeleine la contemplait. Une joie intense brillait dans les yeux gris de Viviane, embués par l'émotion, et son menton volontaire portait l'empreinte d'une splendide énergie intérieure.

– Un beau visage de louve, n'est-ce pas? murmura Hubert.

– Tellement de douceur... Je ne l'imaginais pas comme ça. J'avais un peu oublié ses traits. On dirait qu'elle irradie de la vie.

À sa surprise, Julie succombait aussi au charme qui émanait de la jeune femme, qu'elle connaissait si peu. Elle essaya de le mettre en mots : une curiosité affectueuse et surtout très paisible à l'endroit des gens. Non, il y avait davantage dans le regard de Viviane, une sympathie calme et calmante. Jamais la simple présence d'une personne ne lui avait procuré un tel bien-être.

Hubert se rappela alors qu'il avait apporté de quoi célébrer sur-le-champ.

– Approchez, approchez! Viviane, Léopold sera toujours notre maître de cérémonie. Les discours jaillissent de lui comme l'eau d'une éponge. Moi, je dois me résigner à des formules bêtes, comme : Viviane, nous t'aimons, et nous sommes heureux de te revoir. Faute de phrases mémorables, j'ai apporté de quoi te souhaiter la bienvenue de façon tangible.

Il ouvrit le coffre de sa voiture et montra deux bouteilles de mousseux dans un sac plein de glaçons. Léopold et Hugues distribuèrent des verres de plastique, qu'on leva bientôt à la santé de Viviane.

– Ça, c'est avoir de la classe, commenta Pierre. Même si les coupes laissent à désirer.

– Ce qui compte, déclara Léopold, avec une fausse gravité, c'est ce qu'il y a dedans, de la même façon que les gens les plus laids ont parfois le cœur le plus beau. Et je ne nommerai personne!

Viviane regarda le verre dans sa main et le mouvement des bulles. Pierre reconnut dans ce geste une des caractéristiques de sa nièce qui le touchait le plus : un état de tranquille émerveillement devant les choses les plus simples. Viviane semblait découvrir le monde à chaque instant, remplie d'un étonnement paisible devant tout ce qui lui passait sous les yeux.

Une voiture traversa la station-service et vint se ranger près du groupe. Un homme âgé, corpulent, l'air naturellement sévère, même quand il souriait, les rejoignit, suivi d'une femme grassouillette aux cheveux très blancs.

– Grand-père! Grand-mère! s'exclama Viviane.

Elle courut les embrasser. Yvette les observait, songeuse. Octave, dont on venait de fêter le soixante-seizième anniversaire, ne sortait pas souvent de chez lui, si ce n'était pour passer la soirée chez l'un ou l'autre de ses enfants. André avait dû lui annoncer l'arrivée de Viviane. Qu'il se déplaçât pour l'accueillir constituait un événement exceptionnel.

Octave prit le verre qu'on lui tendait, y trempa les lèvres et le remit à Pierre. On savait que son médecin lui avait interdit l'alcool.

– Je suis content de te revoir, Viviane.

Yvette, qui pensait encore à l'enfance de Viviane, se rappela comment Octave avait mis tout le poids de son autorité pour forcer le reste de la famille à se ré-concilier avec Solange, après, il faut le dire, plusieurs années d'hésitation. Lui-même, il n'avait pas cherché à se rapprocher de sa fille et n'avait pas fait grand effort pour connaître Viviane. Il avait toutefois surveillé toutes les étapes de la réintégration de Solange dans le cercle de famille, en imposant souvent à ses enfants d'inviter Solange et sa fille à l'occasion des fêtes, des mariages et des baptêmes. En accueillant Viviane, la première d'une longue série de petits-enfants, il lui accordait une sorte de bénédiction familiale.

– C'est vraiment une grande joie de vous retrouver tous, dit Viviane. Je suis émue.

– Tu as souvent été absente, Viviane, dit Octave, mais tu n'es pas une étrangère. Tu fais partie de la famille. Ne l'oublie pas.

Il l'embrassa sur la joue et regagna sa voiture. Ses propos avaient sonné étrangement, comme une parole de bienvenue doublée d'une mise en garde. Léopold s'empressa de dissiper le nuage.

– Ce soir, Viviane, nous te gardons chez nous. Demain, nous te partagerons avec tous. Finissons notre verre avant qu'André ne s'avise de passer avec ses talons de contraventions. Soyez tous prudents au volant, ne klaxonnez pas trop et ne vous faites pas remarquer!

Chapitre II

LA FÊTE

– Ê TRE fermier, Viviane, c'est se lever à six heures du matin pour traire les vaches. Chaque jour. Même avec nos installations automatiques. Il y a toujours quelque chose à faire, et à faire chaque jour, à la même heure. Les vaches ne s'intéressent pas à tes histoires personnelles. Elles mangent, elles donnent du lait, et il faut s'en occuper continuellement.

Cela dit, Normand se mit à dévorer les œufs au bacon que sa femme Mariette venait de lui servir. Il aimait bien rappeler à tous qu'il méritait amplement le respect, l'attention et les services qu'il attendait de chacun, à commencer par ceux qui vivaient sous son toit.

– J'ai cinquante ans, poursuivit-il. Toute ma vie, j'ai travaillé dur pour bâtir ce que j'ai, et que je laisserai à mes enfants. Je te dis cela, parce que, dans ton genre, tu as toujours été un peu volage. Ce n'est pas un reproche, Viviane, tu es ce que tu es, et je crois que tu es quelqu'un de très bien. Tu ne t'es jamais concentrée longtemps sur quelque chose. Chaque fois que je t'ai vue, ou que j'ai entendu parler de toi, tu faisais un autre métier,. tu avais une autre adresse, d'autres intérêts. Ce que je veux dire, c'est que si tu as pu mener ta vie comme tu l'as fait, c'est parce qu'il y avait des gens qui n'ont pas peur de travailler du matin jusqu'au soir, des gens qui tiennent solidement le gouvernail en main et mettent de l'essence dans le moteur.

– C'est une des choses les plus belles de la vie, dit Viviane. Qu'il y ait place pour les fourmis et les cigales, pour les oiseaux et pour les bœufs, pour les gens rangés et pour les vagabonds.

Pris au dépourvu, Normand s'attaqua à son assiette. Chaque fois qu'il la critiquait, toujours gentiment, Viviane trouvait moyen de se montrer d'accord, en replaçant pourtant ses propos dans un cadre qui ne correspondait plus à ses pensées.

– Pas pour ceux qui vivent aux crochets des autres! grogna-t-il.

– On peut souvent leur faire une petite place. Et tu sais bien que moi, je me suis toujours tirée d'affaire toute seule, sans dépendre de quiconque.

– C'est juste, admit Normand. Tu es souvent incompréhensible, mais tu n'es pas fainéante. Seulement, quand je pense à ces gens bien portants qui vivent de l'assurance-chômage... Ce qui tue notre pays, c'est le bien-être social à la portée du premier venu.

– Allons, papa, tu ne vas pas recommencer! lança Léopold, amusé.

– Et puis, si ça te fait plaisir, ajouta Roger, son plus jeune fils, Viviane a déjà trouvé un emploi pour cet automne.

Normand hocha la tête et continua à manger. Homme de principes aux convictions fermes, il n'hésitait pas à avancer à contre-courant pour rappeler à tous l'importance du travail, surtout à cette époque où les revues et la télévision tentaient de donner des cartes de noblesse au laisser-aller. Il n'éprouvait pas la moindre incertitude concernant la qualité de ses croyances, qui étaient celles de ses parents et de ses grands-parents, grâce à qui ils vivaient tous dans la sécurité et la prospérité.

Avait-il réussi à transmettre ses valeurs à ses propres enfants? Hubert gagnait bien sa vie comme gérant de la publicité d'une grande entreprise. Diane avait épousé un fermier de la région; Normand leur avait cédé une partie de ses terres en cadeau de noces. Mais Josette? Que faisait-elle, à Montréal? Secrétaire, disait-on, et ce n'était pas clair. Léopold était un mou, un sensuel. Avec son diplôme en agriculture, il avait choisi d'être fonctionnaire. Roger, qui étudiait le droit, donnait l'impression de passer sa vie dans des bars soi-disant intellectuels plutôt que de se préparer sérieusement à sa future profession. Qui hériterait de la ferme? Normand souhaitait que ce fût Léopold, pour que leur nom reste attaché à leur patrimoine. Il savait néanmoins que François et Diane s'en occuperaient sans doute beaucoup mieux.

Mariette, habituée à manger la dernière, après avoir préparé le petit déjeuner, s'installa enfin parmi eux.

– C'est bon de commencer la journée en mangeant en famille!

– Et ce n'est qu'un début! rappela Léopold. Ce soir, nous serons trente, quarante, cinquante! Il y aura tellement de famille dans la maison que ça sortira par les fenêtres! Demain, on en retrouvera dans les tiroirs! Et c'est toi, Viviane, la responsable de cette catastrophe!

Il pointa vers elle un doigt accusateur, de l'air d'un juge de comédie.

– Ça nous fait plaisir de fêter ton arrivée, s'empressa d'ajouter Mariette. J'espère que nous aurons un jour l'occasion de célébrer ton mariage. Je ne veux pas me mêler de ce qui ne me regarde pas. Enfin, j'ai l'impression qu'après tous tes voyages, tu trouverais beaucoup de joie à élever une famille, toi aussi.

Viviane se contenta de sourire. Roger secoua la tête, énergiquement.

– Moi, je ne vois pas pourquoi on doit toujours songer à bâtir un foyer, comme si c'était indispensable. Se marier, avoir des enfants... Il y a tant d'autres choses!

Sa mère lui jeta un regard mélancolique. Cinq enfants, et seule Diane s'était mariée! Aurait-elle donné le mauvais exemple? Pourtant, sa vie avec Normand constituait bien une réussite.

– Tu es trop jeune, Roger. Se marier, c'est important. Diane a déjà eu trois enfants. Vous devriez faire votre part, vous aussi.

– C'est vrai, il faut repeupler le Québec, commenta Léopold, sourire en coin. Mais il n'est pas nécessaire de se marier pour ça!

– Attends d'aimer quelqu'un, dit sa mère, et tu changeras d'avis.

Léopold haussa les épaules. Il avait une amie, Martine, qu'il aimait beaucoup, mais l'idée de se marier ne l'attirait guère, même s'il ne l'écartait pas d'emblée. Ce serait une relation différente, qui ne lui semblait pas pour l'instant plus excitante que celle qu'il vivait.

– Bien sûr, admit-il. Cela m'arrivera à moi aussi. Pour l'instant, puisque j'ai le lait, pourquoi acheter la vache?

Viviane éclata de rire. Quel dicton savoureux! Les autres aussi s'esclaffèrent, même Normand. On connaissait suffisamment Léopold pour savoir qu'un beau jour, il profiterait d'une pause à la télévision ou de l'arrivée du vétérinaire pour annoncer qu'il se fiançait.

Roger jetait des regards détournés sur Viviane. En présence de son père, de sa mère, il s'en tenait le plus souvent à des propos superficiels. Parce que Viviane était là, il eut l'impression qu'il pouvait, si ce n'est ouvrir son cœur, du moins l'entrouvrir.

— On parle de mariage pour ne pas parler d'amour, et on parle d'amour pour ne pas parler d'instinct sexuel. Si on employait les mots justes, on se comprendrait mieux.

— Et qu'est-ce que tu dirais, en utilisant les mots justes? demanda Viviane, vivement intéressée.

Il fallait saisir cette question, que la jeune femme lui lançait comme une bouée de sauvetage. Roger oublia aussitôt la présence de tous les autres. Ses parents et ses frères disparurent aussi rapidement que les ombres lorsqu'on ouvre la lumière.

— Voyons les choses en face. La plupart des gens sont moches. Ils sont trop gros ou trop courts, ou tordus, ou fades, tout à fait incapables de stimuler le désir. Cependant, si on se met dans la tête qu'on les aime, on peut coucher avec eux. Si ça ne marche plus, on en fait une obligation, le devoir conjugal, le commandement d'aimer. Ça fonctionne. Toutes les illusions fonctionnent, n'est-ce pas? Si on dégonfle le ballon, si on refuse de s'inventer l'amour, on reste face à face avec la réalité. C'est pourquoi le mariage est une fuite.

Mariette baissa la tête, toujours mal à l'aise dans ce genre de conversation. Roger se dit qu'il aurait peut-être dû garder ses réflexions pour lui.

– Et c'est ce genre de balivernes que tu apprends à l'université? tonna son père.

– Balivernes ou pas, intervint Hubert, il ne faut pas oublier que fuir est un mouvement très honorable, quand on fuit pour sauver sa peau ou pour ne pas déranger les autres. Et, en passant, maman, ta confiture aux bleuets est superbe!

Comme souvent, il tenait à dissiper les conflits qui surgissaient. Et lui, jusqu'à quand réussirait-il à fuir la réalité? La veille, Madeleine avait insinué qu'il était temps de parler franchement de ce qu'ils attendaient l'un de l'autre.

– Quand j'étais petite, rappela Viviane, Mariette, pour moi, c'était les meilleures tartines au monde, avec des confitures qui conservaient le goût du fruit. Et tes tartes aux framboises!

Elle se pourlécha les babines rien qu'à y penser.

– Tu pourras en avoir autant que tu veux, Viviane, dit Mariette. Le congélateur en est plein. J'en sortirai cinq ou six pour ce soir.

La porte, qui n'était jamais fermée, s'ouvrit toute grande pour laisser passer Jeanne. Elle arrivait toujours comme le soleil à travers les nuages, en apportant la fraîcheur ravissante de sa lumineuse adolescence.

– J'ai été jusqu'à la rivière, expliqua-t-elle. J'ai perdu la notion du temps.

Mariette, qui l'aimait beaucoup, lui fit signe de s'asseoir à côté d'elle et lui passa les toasts déjà beurrés. Jeanne se trouvait chez eux depuis deux semaines, pendant que ses parents prenaient des vacances dans les Antilles. Imprévisible, souvent l'esprit ailleurs, Jeanne dégageait une douce chaleur naturelle qui réveillait chez Mariette la fibre maternelle. Elle éprouvait toujours l'envie de protéger et de cajoler cette enfant au visage fragile.

– Je dois enlever le chasse-neige du camion, dit Normand, en se levant. J'aurais même dû faire ça il y a un mois. Est-ce que quelqu'un vient m'aider?

Roger s'offrit, y voyant un moyen de se réconcilier avec son père. Il savait que ses propos l'avaient froissé, mais Normand pardonnait toujours à ceux qui travaillaient. Hubert et Léopold se portèrent aussi volontaires, laissant là les trois femmes.

– Il est tellement étrange, Roger! murmura Mariette. Il sait bien qu'en parlant de cette façon il gêne tout le monde et indispose son père.

– Des fois, il est bon d'indisposer tout le monde et de dire la vérité, commenta Viviane.

– Quand même! s'insurgea Mariette. Parler de choses comme ça, à table...

Jeanne, qui ignorait de quoi il s'agissait, se mit à rire devant son air déconfit. Elle dévora sa tartine à belles dents, ce qui mit sa tante de bonne humeur.

Mariette, cependant, n'allait pas lâcher prise. Elle se tourna vers Viviane.

– Alors, tu crois qu'il avait raison?

La jeune femme sourit. Que les gens aient raison ou tort à propos de vétilles l'intéressait si peu! Et cela veut dire quoi, avoir raison, avoir tort?

– Ce n'est pas important. Il a quelque chose à dire, même s'il peut être maladroit. Il faut toujours prendre les gens au sérieux. On ne sait jamais ce qui se passe dans leur cœur, et on ne doit pas les acculer au silence.

Nullement d'accord, Mariette décida de ne pas s'engager plus avant sur ce terrain.

— Je vais commencer à préparer la maison pour ce soir. J'ai déjà passé ma commande à Yvette. Est-ce que vous pourriez allez chercher ce qu'elle m'a mis de côté?

Elle passa à Viviane les clés de sa voiture. Yvette et son mari Gérard possédaient un magasin de fruits et légumes où l'on trouvait aussi un excellent choix de fromages et de charcuterie. Quand elle se trouva seule avec Viviane, Jeanne lui parla d'eux. Tout le monde savait que Gérard souffrait d'un cancer de l'estomac. Il avait subi deux interventions chirurgicales. Cependant, il n'en parlait jamais. C'était un sujet tabou. Parce qu'il ne voulait pas déranger les gens en les mettant au courant de ses problèmes, ou parce qu'il refusait de devenir un objet de pitié? Jeanne avait surpris une conversation entre Mariette et sa soeur. Yvette lui confiait que Gérard pouvait mourir d'un jour à l'autre. Son médecin ne voulait pas le lui annoncer aussi crûment, afin de ne pas l'effrayer. Il était aussi possible qu'il vécût encore bien des années.

— C'est comme Mariette, tout à l'heure, ajouta Jeanne. Je ne sais pas de quoi il s'agissait. Oh, je reconnais ses réactions! Les gens ont tellement peur de parler!

— Ils ont plutôt peur d'entendre. Quand les autres nous disent ce qu'ils pensent, ce qui les blesse, ce qui les tourmente, on n'a plus d'excuse pour ne pas s'occuper d'eux. Il est tellement plus facile de faire semblant que tout va bien! Et leurs enfants, dans tout ça?

— André est au courant. Mais ce n'est pas pour rien qu'il est devenu policier. Si Dieu veut rappeler son père à Lui, comment s'y opposerait-on? On doit obéir aux lois divines comme aux lois de la circulation. Marie-Rose est tellement en amour avec Éric, le fils du principal de l'école, qu'elle ne pense pas à autre chose. Les deux autres, tu les as rencontrés hier. Hugues ne vit qu'avec son ordinateur. Il passe ses journées à inventer des programmes et il voit la vie à travers ses logiciels. Le monde n'existe pas en dehors de son appareil. Lucie, c'est plus triste.

Viviane se rappela les visages. Elle n'avait pas de difficulté à imaginer Hugues, à peine sorti de l'adolescence, sans doute intellectuellement brillant, heureux dans son îlot électronique. Mais dans quel monde évoluait Lucie, enfoncée dans le silence de ses treize ans?

– Il y a beaucoup de tiraillements chez eux. Gérard s'impatiente facilement quand son estomac lui fait mal, et ça arrive souvent. Il ne comprend pas Hugues, et il trouve qu'Éric ne devrait pas songer à se marier avant d'avoir une meilleure base financière. Yvette prend toujours parti pour les enfants, et ça envenime tout. Lucie en a ras le bol de tous ces problèmes. Elle manque de sécurité. Tu devrais l'entendre parler, quand elle daigne ouvrir la bouche! C'est toujours pour reprocher à chacun ses moindres écarts. Si elle ne te voit pas à la messe, demain, tu en entendras parler!

Viviane secoua doucement la tête.

– Tant pis, déclara-t-elle. Je ne vais jamais à l'église.

– Moi non plus, dit Jeanne. Dieu, ça ne me semble pas réel.

Elle hésita un peu, et ajouta :

– Moi, je crois en toi. Depuis toujours. Et je suis tellement contente que tu sois revenue!

* * *

Viviane garda la voiture après avoir reconduit Jeanne. La jeune fille aurait bien voulu rester avec elle, mais elle tenait à faire sa part dans les préparatifs de la soirée. Il faudrait bien des plats de salades, de hors-d'œuvre, d'amuse-gueules! Heureusement, les renforts arriveraient au cours de l'après-midi.

Encore troublée par les propos de Jeanne, «Je crois en toi», Viviane sillonnait des paysages familiers. Elle reconnaissait quelques fermes, surtout par leur emplacement, la plupart ayant été munies de nouvelles installations, d'étables modernes, de silos métalliques. Grâce aux descriptions de Jeanne, elle atteignit le chalet de Pierre sans se perdre dans la douzaine de chemins, tous semblables, qui menaient maintenant au lac.

Pierre la reçut à bras ouverts, prévenu par téléphone de la venue de sa nièce. Marthe prépara une légère collation avec Josette, qui préférait souvent coucher chez son oncle plutôt que chez son père, dont les critiques voilées lui pesaient toujours. Quelle belle famille, songea Viviane, en admirant la santé et la bonne humeur qui jaillissaient de Julie et de Gaston, les plus âgés, issus du premier mariage de Marthe, et des deux dernières, Brigitte et Aline.

Fernand, le compagnon de Julie, se joignit bientôt à eux. Viviane l'avait connu au moment où il achevait ses études en économie à l'Université de Montréal. Facilement souriant et sûr de lui, il dégageait un mélange de chaleur humaine et de compétence professionnelle. Plusieurs s'étaient scandalisés lorsque Julie, étudiante en sociologie, avait décidé de s'installer chez lui. D'autres disaient que le concubinage provoque moins de dégâts que le divorce, surtout lorsqu'il est évident qu'une liaison ne durera pas. Ce n'était pas plus réconfortant. Les années avaient passé, Julie s'était inscrite au département de biologie, elle avait eu un enfant et se trouvait de nouveau visiblement enceinte. Son frère Gaston la taquinait parfois en lui rappelant que la société avait fini par la récupérer : même si elle et Fernand refusaient de rendre visite à un juge, la loi les considérait bel et bien comme mariés.

Viviane remarqua que Brigitte, une belle jeune fille de dix-huit ans, la contemplait avec une curiosité pleine d'admiration. Elle lui sourit, encourageante.

— Jeanne m'a tellement parlé de toi! dit Brigitte. Est-ce vrai que tu as été à l'île de Pâques?

— Tu devrais plutôt lui demander où elle n'a pas été, suggéra Pierre.

Brigitte raconta que son ami Lucien et elle songeaient à visiter l'île de Pâques et toutes les îles du Pacifique. Un jour ils s'y établiraient, pour vivre à l'abri de la pollution du monde industriel. Ils s'achèteraient une jonque et parcourraient l'océan d'atoll en atoll.

— C'est un beau programme, commenta Viviane, qui respectait trop les rêves pour songer à les discuter. Avez-vous commencé à apprendre la navigation?

Pierre eut un petit rire.

— Lucien, apprendre quoi que ce soit? C'est un vaurien, un illuminé, qui ne sait rien faire de ses dix doigts.

— Des fois, il sait s'en servir, rectifia Brigitte, le regard enjoué.

Brusquement mal à l'aise, Pierre sortit une cigarette. Viviane remarqua son mouvement de recul, comme s'il avait de la difficulté à admettre que sa fille puisse connaître des expériences sensuelles. Leur harmonie familiale cachait-elle des dissensions secrètes? C'était d'autant plus surprenant que durant tout le repas, elle n'avait pas senti la moindre animosité, alors que chez Normand, il ne fallait pas attendre longtemps pour que les uns et les autres se prennent à rebrousse-poil.

– Eh oui, dit Marthe, nous avons produit une génération de jeunes gens libérés. Mais je ne sais pas si ça les rend vraiment plus heureux.

Son esprit critique la poussait souvent à chercher la bête noire.

– Au moins, cela réduit les sources de malheur, songea Pierre.

Une petite fille de deux ans, ébouriffée, l'air ahuri de ceux qui viennent de se réveiller, apparut sur la terrasse. Elle marcha jusqu'à Julie, sa mère, qui la prit sur ses genoux.

– Elle, c'est Sylvie. C'est une hors-la-loi. Née en dehors des liens du mariage et non baptisée. Je crois que je réussirai à en faire un être libre, en bonne santé.

– Cela, c'est un espoir, précisa Fernand. Le plus que nous pouvons faire, c'est lui éviter les entraves, les carcans, les moules tout faits, les illusions.

Pierre hocha la tête, débonnaire.

– J'enseigne la philosophie, soupira-t-il, et c'est ma famille qui m'oblige à la mettre en action.

– Vous êtes très rafraîchissants, dit Viviane. Vous tous. C'est très agréable, très apaisant de se trouver parmi vous. Je vous aime beaucoup.

Brigitte et Gaston l'invitèrent à faire un tour de canot. Elle en fut ravie, elle n'en avait pas eu l'occasion depuis bien des années. Gaston s'installa à l'arrière, pour diriger l'embarcation. Aline, la plus jeune, les regarda partir, déçue de ne pas pouvoir les accompagner.

Viviane connaissait bien le lac. Le chalet de Normand se trouvait de l'autre côté. Elle y avait parfois passé quelques jours avec sa mère, lorsqu'elles visitaient la famille. Elle ne savait pas, à l'époque, que Normand leur offrait le chalet afin de les tenir le plus loin possible des autres.

Sans le moindre effort, elle retrouva la façon naturelle de ramer, en devinant les mouvements de Gaston, derrière elle. Brigitte, assise à l'avant, leur faisait face.

— Sérieusement, Viviane, penses-tu que nous pourrions vivre sur une jonque, Lucien et moi?

— Pourquoi pas? C'est comme quand tu veux aller, disons, à New York. Si tu prends l'avion, tu dois acheter un billet. Tu dois te rendre à l'aéroport. Tu dois avoir une valise et des choses dans cette valise. Chaque chose se fait pas à pas. Pense donc à ta jonque, et commence à t'orienter dans cette direction. Si tu es bloquée, tourne autour de l'obstacle, ou surmonte-le. Si tu changes d'avis, fais-le sans regret. Tout est bon à vivre.

— Je n'aime pas attendre!

— Qui te parle d'attendre? Commence tout de suite! Il s'agit de savourer les beautés du chemin. Il faut faire l'amour avec la vie, pas la violer.

Brigitte respira amplement, en se caressant la poitrine. Viviane trouva le geste curieux, en présence de son demi-frère. La jeune fille étira le cou et offrit tout son visage au soleil. Viviane ne la quitta pas des yeux.

– Moi, lança Gaston, j'étudie le design. J'aime inventer des formes. Améliorer les objets quotidiens. Embellir la vie. Tu sais pourquoi je dis cela, Viviane? Parce qu'il me semble que ce que tu fais, c'est rendre la vie plus belle.

Sans se retourner, Viviane lui demanda ce qui lui faisait penser une telle chose.

– Je ne sais pas. Ou je le sais, sans le comprendre. Par exemple, tu as un salon, avec les fenêtres, les rideaux, la cheminée. Il y a des meubles qui s'intègrent bien à ce décor et d'autres qui semblent déplacés. Toi, tu apparais et on a l'impression que tu es en harmonie parfaite avec la vie.

Songeuse, Viviane admira la paisible beauté du lac. Ils circulaient sur une partie marécageuse, parmi les algues et les nénuphars. Des fleurs blanches ou jaunes, aux pétales épais, surgissaient au fil de l'eau. Une cabane de castor se dressait près de la rive. Ils crurent en voir un, une tache brune qui flottait en traînant une branche.

– J'aime Lucien, déclara Brigitte. Papa ne le prend pas au sérieux, parce que nous sommes encore de jeunes étudiants. Mais un de mes plus doux souvenirs, c'est que Gaston a été mon premier amoureux. Mon premier amant.

Un léger ton de défi colorait sa voix, mêlé à beaucoup de tendresse. Gaston ajouta, comme un écho :

– Comment ne pas être séduit par la beauté, même quand c'est celle de sa soeur? Enfin, de sa demi-soeur.

Dans ses régions les plus calmes, le soleil nappait de lumière la surface du lac, tellement que ça blessait les yeux. Viviane sentit que les jeunes gens attendaient d'elle une réaction, quelle qu'elle soit. Que pouvait-elle leur dire?

– J'ai connu en Thaïlande des amants lumineux, un couple splendide, plus beaux que la plage où ils cachaient leurs amours. Ils étaient frère et sœur. On aurait dit un rayon de lune égaré sur la terre.

Une fois de retour, en remontant le canot sur la berge, Brigitte murmura :

– Jeanne avait raison, Viviane. Merci d'être venue.

* * *

Viviane faisait le plein à la station-service quand une voiture s'arrêta à côté de la sienne. Une petite femme rondelette et joyeuse en sortit.

– Viviane! Quel plaisir de te revoir!

– Tante Ginette!

Elles s'embrassèrent. Raymond éteignit le moteur et les invita à prendre un café au casse-croûte voisin. Après tout, il y aurait tellement de monde chez son frère Normand qu'il ne fallait pas laisser passer l'occasion de refaire connaissance dès maintenant.

Viviane ne les avait pas vus depuis douze ans. Raymond, le plus âgé des fils d'Octave, affichait la solidité, l'assurance, l'autorité de son père, et une compréhension perspicace des problèmes d'autrui. Il avait toujours travaillé dans le monde des caisses populaires et gérait depuis longtemps la succursale du village. Poussé par l'idéalisme ou la tentation de l'aventure, il avait passé cinq ans en Afrique de l'Ouest dans le cadre de projets de développement des coopératives locales. Son attitude missionnaire, souvent paternaliste, avec une grande finesse humaine, séduisait ses collègues africains, tandis que sa discipline financière et administrative lui valait l'estime et le respect des agences internationales qui parrainaient les projets. À son retour d'Afrique, il avait accepté une excellente position à Québec, pour ne revenir au village qu'après le départ de Viviane.

– Ça fait tellement longtemps qu'on s'est vus! s'exclama Ginette. Madeleine m'a dit qu'elle t'avait rencontrée, hier. Elle a bien grandi, ma fille, n'est-ce pas? C'est déjà une femme! Elle a ouvert un salon de coiffure. Les affaires, elle connaît ça! Ça doit lui venir de son père.

Elle ne perdait pas une occasion de vanter les qualités de son mari, ni de rappeler que Madeleine était bel et bien leur fille.

– Elle se débrouille bien, admit Raymond. Cependant, elle devrait commencer à songer à s'établir. Je veux dire, fonder un foyer. Ce n'est pas en passant ses soirées libres en compagnie de son cousin qu'elle se trouvera un mari!

– Quel cousin? Hubert?

– Ah, tu t'en es déjà rendue compte? Quand on vivait en Afrique, ils s'écrivaient presque chaque semaine. On ne peut pas s'accrocher toute sa vie à son enfance! Il est temps qu'elle se mette à fréquenter des hommes pour elle.

Viviane demanda des nouvelles des autres. Après plusieurs années de mariage, ne réussissant pas à avoir d'enfants, Raymond et Ginette se résolurent à adopter un garçon, Antoine, puis Madeleine. Peu après, Ginette s'était trouvée enceinte de Louise. Julien était né dix ans plus tard, juste avant leur départ pour Ouagadougou.

– Antoine a épousé Thérèse, la fille d'Hector, tu sais, celui qui s'occupe du bureau de poste. Ils ont déjà deux enfants. C'est tellement bon, d'être grand-mère! Louise habite à Montréal. Elle va à l'université, elle étudie la médecine, mais elle revient chaque fin de semaine. Julien a commencé son secondaire. Un enfant brillant, toujours parmi les premiers de classe. Nous en sommes très fiers! Et toi? Parle-nous un peu de toi.

Que pouvait-elle dire? Raymond tenait surtout à savoir comment elle vivait, de quoi elle vivait. Il la regardait, attentif et quelque peu méfiant, le gérant de banque qui cherche à déceler le moindre petit mensonge chez son client en quête d'un prêt. Viviane expliqua qu'elle avait accepté une offre d'emploi dans les nouveaux programmes pour les réfugiés. Elle commencerait en septembre. Entre-temps, elle pouvait vivre de ses économies.

– Raymond parle toujours de revenus et de dépenses, commenta Ginette. C'est le métier!

– Le travail, c'est la colonne vertébrale de la vie, affirma Raymond. Pour le reste, tu as l'air épanouie, en bonne santé. Ça fait plaisir à voir!

Ginette consulta sa montre. Elle avait promis à Mariette d'aller lui donner un coup de main. Comme ils venaient juste de rendre visite à l'oncle Adrien, le vieux frère d'Octave, Viviane eut l'idée de faire de même. Elle prit les coordonnées de l'endroit où il habitait et s'y dirigea aussitôt. La rue principale, avalée par la grande route, était devenue une suite de centres commerciaux, de stations-service, de motels et de restaurants qu'on oublie sitôt après les avoir quittés. Viviane n'était cependant pas très sensible à ces aspects désolants de l'aménagement urbain. Partout et toujours, elle ne s'intéressait qu'aux gens, et elle acceptait sans peine qu'ils trouvent dans de telles avenues une façon rationnelle de répondre à leurs besoins.

Elle était pourtant fascinée par les objets, les choses fabriquées. En contemplant un trottoir, une lampe électrique, une fenêtre, elle se rappelait, l'espace d'une seconde, la merveilleuse aventure humaine. La transformation des pierres, du sable, de l'eau en ciment, en vitre, en énergie. Chaque objet l'émerveillait, que ce soit un stylo, un tableau, une pyramide grugée par les siècles, un cassettophone. C'était la grande magie quotidienne, la fabuleuse histoire de l'espèce humaine, qui se concentrait soudain sur un visage, un regard, la vie de chaque personne qu'elle rencontrait et qu'elle aimait aussitôt, sans raison supplémentaire, dans la grande solidarité des êtres vivants.

Elle bifurqua devant l'église, en direction du château d'eau, et arrêta devant la troisième maison, transformée en foyer pour vieillards. Adrien contemplait la rue, confortablement installé dans une chaise berçante. Elle le reconnut sans peine.

– Viviane! s'exclama-t-il. Ginette m'a dit que tu étais de retour. C'est très gentil à toi de venir dire bonjour. Viens, assieds-toi.

Elle prit place sur une des chaises. Deux vieilles dames, de l'autre côté du perron, la regardaient, impassibles, silencieuses.

– Ça me fait chaud au cœur de vous revoir, mon oncle.

Il n'était pas son oncle mais son grand-oncle. Toutefois, elle l'avait toujours appelé ainsi.

Adrien la dévisagea, affectueusement. Ses yeux, rapetissés par ses lunettes épaisses, brillaient de plaisir.

– J'ai quatre-vingt-trois ans, dit-il. Ma santé baisse de semaine en semaine. Heureusement, j'ai encore des réserves. Je ne me sens pas proche de ma mort, mais je n'aurais pas voulu mourir sans t'avoir revue.

– Pourquoi?

Rien ne justifiait un tel vœu chez un vieillard qui ne la connaissait presque pas.

– Je crois que tu le sais. Tu n'as jamais été comme les autres. Écoute, Viviane, c'est important. Je me tiens encore sur mes jambes. Cependant, je me fatigue très vite. Des fois, j'ai de la difficulté à respirer. À mon âge, l'essentiel, c'est la tête, et elle est encore en bon état. J'avais quelque chose à te dire.

Il prit ses lunettes et se les passa d'une main à l'autre pendant quelques minutes. Viviane attendait. Finalement, le vieil homme se décida à parler.

– Octave a toujours eu peur de toi. Il y a quelque chose de louche entre lui et toi. Je ne saurai jamais de quoi il s'agit. Octave est une pierre, une taupe, une statue. Quand tu venais, j'étais toujours inquiet pour toi.

Adrien était le frère aîné d'Octave. Viviane n'avait jamais remarqué, chez son grand-père, les sentiments dont Adrien faisait état. Elle l'écouta, attentivement.

– Tu as déjà l'âge de savoir ce que tu es et ce que tu veux, poursuivit Adrien, de plus en plus difficilement. Fais attention à toi, et fais attention aux autres.

Il parlait comme s'il avait longuement réfléchi à ce qu'il disait, et comme s'il s'attendait au retour de la jeune femme.

– De quoi s'agit-il, mon oncle?

– Je ne veux pas t'inquiéter. Je te vois, je vois les autres, et je prévois... comment dire... une collision. Si cela arrive, Viviane, si ça arrive... Va voir Ernest...

Une lueur vive traversa les yeux de la jeune femme. Elle avait toujours eu de l'affection pour Ernest, un vieil homme bougon et le cœur sur la main. Ça lui faisait plaisir de savoir qu'il vivait encore.

Troublé, Adrien sortit un mouchoir, s'épongea le visage et remit ses lunettes.

– Oui, ajouta-t-il, va le voir. Il me rend encore visite, presque chaque semaine. Je lui parlerai. Tu peux avoir confiance en lui. Toujours.

Il prit une grande respiration et sourit, soudain rasséréné, comme quelqu'un qui retrouve la sécurité des choses quotidiennes.

– Tu resteras longtemps ici? demanda-t-il.

Sa voix était différente, de nouveau normale, la voix des petites et précieuses banalités qui font passer les heures.

– Quelques jours.

– Viens me voir le matin. L'après-midi, je suis déjà épuisé. Et le soir, il y a trop de gens ici. Oh, attends. Approche-toi.

Il posa la main sur le front de la jeune femme.

– Comme dans l'ancien temps. C'est ma bénédiction. Bonne chance, mon enfant. Maintenant, laisse-moi seul. Merci d'être revenue.

* * *

Étrangement, Viviane n'avait pas montré la moindre surprise devant ces avertissements répétés. Pourtant, elle ignorait de quoi il s'agissait. Elle en prenait note, comme on tient compte des indices en lisant un roman policier. Des gens éprouvaient de l'affection pour elle et tenaient à la protéger. Qui pouvait lui en vouloir, et de quoi? Elle ne cherchait pas à approfondir la question, pas plus qu'elle ne s'interrogeait sur les marques de joie excessives que certains manifestaient à son endroit.

Elle songeait plutôt à tous les membres de sa famille qu'elle avait rencontrés depuis la veille, et à ce que Jeanne et d'autres lui apprenaient au sujet des uns et des autres. Ceux qui semblaient s'entendre le mieux entre eux, Pierre, Marthe et leurs enfants, vivaient en harmonie, semblait-il, parce que chacun gardait pour soi ce qui pouvait blesser ses proches. Si la vérité éclatait parmi eux, parmi tous, elle les ravagerait.

Viviane ne pouvait pas savoir que ceux-là mêmes qui l'aimaient comptaient justement sur elle pour voir plus clair en eux. Elle devinait pourtant les malaises dont la dissimulation permet aux gens de vivre ensemble. Elle en percevait les signes, comme des nuages noirs. Pourquoi plusieurs laissaient-ils entendre qu'ils attendaient quelque chose d'elle? Jeanne avait dit qu'elle croyait en elle. Qu'est-ce que cela signifiait? Viviane n'interrogeait personne. Elle attendait que les gens parlent à leur heure, sans les bousculer.

En arrivant chez Normand, au milieu de l'après-midi, elle le trouva en grande conversation avec Octave. Normand, qui avait hérité de la ferme, expliquait à son père pourquoi il songeait à démolir une vieille grange. C'était la meilleure façon d'élargir l'enclos des vaches. Léopold et Roger, les deux fils de Normand, exprimaient aussi leur point de vue. Viviane les écouta, sans toutefois les accompagner quand ils allèrent visiter les lieux. Elle se joignit plutôt au groupe des femmes, y reconnaissant deux vieilles religieuses qu'elle n'avait pas vues depuis plus de dix ans.

La plus âgée, Marguerite, était la sœur aînée de grand-mère Germaine. Octave, disait-on, en avait été amoureux dans son jeune temps. Fatigué de la courtiser en vain, il s'était épris de sa cadette. On racontait que Marguerite était entrée chez les sœurs par déception, en entraînant avec elle une sœur d'Octave, Michèle. Que pouvaient-elle penser de la vie, après plus de cinquante ans de couvent?

Mariette, la femme de Normand, apporta un immense plateau de hors-d'œuvre qu'elle déposa au centre de la table. Viviane remarqua que c'était sœur Marguerite, pourtant âgée de près de quatre-vingts ans, qui prenait soin de sœur Michèle, en lui tendant un verre d'eau ou le bol de sauce, en jetant un coup d'œil sur elle pour s'assurer qu'elle ne manquait de rien, en l'invitant à déplacer sa chaise pour éviter de s'exposer au soleil. Il y avait beaucoup de tendresse entre les deux, malgré la brusquerie de certains de leurs gestes.

– Comment as-tu trouvé les gens, dans les pays où tu as vécu? demanda sœur Marguerite.

– Comme ici, répondit Viviane. Comme partout. Toujours.

Ces quelques mots constituaient un bilan. Sur tous les continents, dans chaque ville et chaque village, elle avait trouvé les mêmes personnes qui naissaient, s'éduquaient, aimaient, travaillaient, engendraient des enfants, faisaient face à la vie et aux autres en essayant de durer, de s'entraider, d'être heureux, parfois facilement, souvent à tort et à travers, parmi les succès et les échecs, jusqu'au moment de mourir. Partout elle avait rencontré la décence, l'égoïsme, la bonté, l'instinct de survie, l'étonnante permanence de l'être humain, des gestes semblables, des attitudes semblables, qui remontaient aux époques préhistoriques et se prolongeraient dans les galaxies. Et la simplicité de ce bilan lui inspirait une affection profonde pour chaque personne qu'elle rencontrait, quels que soient la couleur de sa peau, son sexe, ses origines, ses aspirations, ses convictions, sa façon de vivre, son passé, son présent, son avenir.

— On m'a dit que ce n'étaient pas des pays très catholiques, dit sœur Michèle.

Sa méfiance lui donnait un air d'enfant plutôt attendrissant.

— Des fois oui, des fois non, dit Viviane. J'ai vécu chez des musulmans, des hindous, des animistes, des bouddhistes. Des chrétiens aussi. Et des gens qui ne croyaient pas en Dieu.

— Cela, ce n'est pas possible! s'écria Germaine. Ils doivent faire semblant, comme ici.

Elle grignota un biscuit, rassurée par son explication.

— Je ne pense pas, déclara sœur Marguerite. Surtout, je pense que pour Dieu, il s'agit là de détails plutôt insignifiants.

Germaine faillit s'étouffer.

— Marguerite! Une religieuse, parler comme ça!

— Justement, c'est parce que je suis religieuse que je peux dire cela. Que sont les croyances, devant la bonté de Dieu? Elles font partie des choses terrestres, pas de l'infinité des choses divines.

Elle adressa un sourire très doux à Viviane, comme si elle lisait en elle, et ce qu'elle lisait lui plaisait.

— Toi, tu n'as pas besoin de parler, dit-elle. Ton visage parle pour toi. Je t'attendais, tu sais. Je tenais beaucoup à te voir. Nous ne sortons pas souvent, Michèle et moi. Aujourd'hui, il m'a semblé que c'était important.

Elle aussi, comme l'oncle Adrien...

– Pourquoi? s'enquit Viviane, contrairement à ses habitudes.

La vieille religieuse but lentement une gorgée de thé froid. Son visage portait peu de rides, malgré son âge, comme s'il reflétait avant tout une longue sérénité.

– Quand tu étais petite, rappela-t-elle, tu avais un comportement exceptionnel. Tu semblais indifférente à bien des choses. Parce que tu ne t'occupais pas des apparences. Tu allais droit au but. Quand tu as dit, tout à l'heure, que les gens étaient partout les mêmes, j'ai tout de suite retrouvé la Viviane d'il y a vingt ans. Quel âge as-tu?

– Trente-six ans.

Sœur Marguerite se leva. Mince, énergique, elle se rendit jusqu'à la balustrade et contempla la ferme, comme si elle avait oublié la conversation. Voyait-elle défiler un demi-siècle de souvenirs? Tout à coup, elle se retourna.

– Ici, nous avions tout un monde. Il y avait le couvent, et il y avait la ferme. Octave, Germaine, et tous ces enfants qui n'arrêtaient pas de naître, de grandir, d'apporter toute la richesse de la vie. Toi, tu étais une étrangère.

– Voyons, Marguerite!... protestèrent, à l'unisson, Mariette et Germaine.

– Inutile de mentir, de se mentir à soi-même, insista Marguerite. Solange avait commis une grande faute à nos yeux. Nous lui avons pardonné, mais, avec le temps, j'ai bien compris qu'il n'y avait rien à pardonner, et qu'il n'y avait pas eu de faute. À cause de notre myopie, de notre sottise, tu as été une étrangère, Viviane. Oh! tu étais une étrangère comme une rose qui pousse parmi la mauvaise herbe! Une enfant lumineuse, et je vois que tu l'es encore.

— Pourquoi? répéta Viviane.

Si quelqu'un pouvait lui expliquer l'émoi que provoquait son retour, c'était peut-être cette vieille femme bien installée dans une sagesse tranquille.

— Parce que tu fais que je parle comme je viens de le faire. J'ai envie de rester pour le souper, mais je dois me reposer. As-tu un endroit où je peux m'allonger un instant, Mariette?

Quand les deux femmes se retirèrent, Germaine fit la remarque que sa sœur, en prenant de l'âge, devenait parfois imprévisible. Sœur Michèle secoua la tête.

— Marguerite sait ce qu'elle fait et sait ce qu'elle dit. C'est toujours elle qui tient les comptes du couvent. Il est vrai qu'elle se fatigue vite. Elle a le cœur faible, vous saviez? Moi, je suis plus résistante parce que je fonctionne plus lentement. À cause de toute ma graisse, je suppose.

Elle eut un rire amusé. Germaine, aussi grosse qu'elle, se sentit visée et regarda, gênée, le petit sandwich qu'elle venait de prendre. Elle finit par le manger, les sourcils froncés.

— Franchement, Viviane, avais-tu l'impression qu'on te traitait comme une étrangère?

— Je ne crois pas, grand-mère. Ou peut-être que je m'y suis vite habituée.

— Si tu étais une étrangère, on ne te ferait pas cette fête, n'est-ce pas? Non, décidément, Marguerite exagère.

Sœur Michèle dressa la tête, une voiture approchait. Elle avait conservé une sorte d'émerveillement devant ces choses.

– C'est Édouard, dit Germaine. Je reconnais sa voiture. Eh bien, ils arrivent tous en même temps!

En effet, Édouard n'avait pas éteint le moteur que deux autres voitures apparurent, puis une troisième, d'où sortirent, presque au complet, la famille de Raymond et celle d'Yvette. On passa alors au salon, où l'on manqua bientôt de fauteuils, surtout quand Madeleine, Hubert, Marie-Rose et Jeanne, ayant fini de préparer le repas, se joignirent aux autres. Normand et ses fils, de retour de l'étable avec Octave, durent pratiquement jouer du coude pour saluer les nouveaux arrivés qui venaient d'envahir la maison.

*   *   *

Comme si le groupe venait d'atteindre sa masse critique, Viviane eut l'impression d'être brusquement plongée dans un bazar. De petits cercles se formaient, se séparaient, les gens circulaient, tous venaient lui souhaiter la bienvenue, l'embrasser, pour être aussitôt repoussés par d'autres. Même si elle avait de la peine à passer ainsi des uns aux autres, sans pouvoir s'attarder autant qu'elle le désirait avec chacun, elle appréciait vivement ce fourmillement d'humanité. C'était sa famille, et c'était surtout un monde.

– Ça n'a pas de bon sens de rester ici! s'exclama Léopold. La fête, c'est dehors! Au soleil! Allez, donnez-moi un coup de main, on va arranger cela.

On installa rapidement dans le jardin une dizaine de tables et une cinquantaine de chaises. Gérard et

Roger s'occupaient de préparer les barbecues, d'autres apportaient les assiettes, la coutellerie, les tasses, des distributeurs de café, des carafes d'eau, un réservoir de glaçons bientôt rempli de bouteilles de bière, des verres, du vin, un bar improvisé sur une table de pique-nique et toutes les salades et les amuse-gueules confectionnés durant l'après-midi.

Viviane savait bien qu'on célébrait son retour afin d'avoir un prétexte pour se rencontrer en grand nombre. Si elle devenait invisible, si elle disparaissait, la fête se poursuivrait sans elle. Les uns et les autres prenaient plaisir à bavarder avec des parents qu'ils n'avaient pas vus depuis longtemps ou depuis la veille. Elle demeurait néanmoins un centre d'attraction, on voulait lui parler, l'écouter. Dans la fluidité de la foule, les gens qui l'entouraient n'étaient pas longtemps les mêmes.

Édouard, le curé, ne portait jamais l'habit quand il visitait la famille. Il était simplement un des fils d'Octave, un oncle parmi tous les oncles des plus jeunes. Jadis, il soulignait davantage son caractère de prêtre. Il se souvenait encore de ses pénibles conversations avec Viviane lorsqu'elle était enfant et qu'elle n'hésitait pas à discuter de théologie. Armée d'un toupet inébranlable et du bel emportement de son adolescence, elle contestait les preuves de l'existence de Dieu et allait jusqu'à reprocher au christianisme d'être fondé sur une macabre erreur judiciaire, un crime impuni symbolisé par un instrument de torture. Cela se passait souvent en famille. On finissait par faire taire l'enfant, on lui disait qu'elle comprendrait plus tard, qu'elle ne devait pas se montrer aussi entêtée. Or, Édouard sentait souvent qu'elle avait le dessus.

Il n'avait pas aimé ce projet de fête. En quoi Viviane le méritait-elle? Maintenant qu'il la voyait, qu'il l'entendait, qu'il constatait l'ascendant qu'elle prenait sur ceux qui l'écoutaient, peu importe ce qu'elle disait, il comprenait qu'il avait eu raison. Il connaissait bien sa famille, il décelait mieux que quiconque les tiraillements inévitables et la révolte parfois palpable de plusieurs d'entre eux, et pas toujours les plus jeunes. S'ils se cherchaient un chef, Viviane jouerait ce rôle à merveille.

– Je suis bien content de te revoir, tu sais.

Viviane sourit. Il mentait, mais qui ne ment pas?

– Te voilà investie d'une grande responsabilité.

– Je ne suis que de passage, rappela-t-elle.

– On t'accueille comme une reine.

Ce ton de reproche dans sa voix cassante! Pourquoi?

– Je suis un prétexte, tu le sais bien. S'il y avait eu un mariage, ou une autre occasion de se réunir, j'aurais été une invitée parmi d'autres.

– Je te conseille quand même de faire attention. Si jamais tu causes du trouble, je le saurai tout de suite.

Pierre, Marthe et leurs enfants, qui venaient d'arriver, mirent fin à leur aparté. Édouard s'éloigna, soucieux. Tout à coup, il revint vers elle et posa ses mains sur ses épaules.

– Je ne t'avais pas embrassée, dit-il.

Il en profita pour lui glisser à l'oreille un dernier avertissement :

– Je te demande seulement de respecter la façon dont nous vivons.

– Merci, Édouard, répondit-elle, à voix haute. C'est bon de vous revoir tous. Une famille n'appartient à personne. Toi, vous tous, vous êtes aussi ma famille à moi.

— C'est bien vrai, commenta Pierre, sans savoir de quoi il s'agissait. Chacun contribue, chacun apporte sa personnalité, ses problèmes, ses préjugés, ses espoirs, ses échecs et ses succès. La famille, c'est tout cela.

— Et le rôle de Viviane, ajouta Brigitte, c'est d'éclairer, d'illuminer... Faire vibrer la joie de vivre que nous avons tous au fond du cœur...

— N'oublions pas de penser aux fleurs qu'il ne convient pas d'exposer au grand soleil, signala Édouard.

Étonnée, Brigitte le regarda s'éloigner. Il y a des gens qu'on ne parvient jamais à comprendre. Mais que lui importait Édouard? Dur, intransigeant, il se cachait derrière son rôle de prêtre pour mettre toujours le nez là où il n'avait pas affaire. Viviane caressa la joue de l'adolescente.

— Ne compte pas sur moi pour t'éclairer. La lumière, tu la portes en toi, elle ne vient pas d'ailleurs.

— C'est une belle phrase! s'écria Pierre. Retiens-la. Avant la fin de la soirée, on te demandera de faire un discours.

— C'est toi, le professeur, dit Viviane, en riant. Je te céderai tout de suite la parole. Alors, prépare-toi.

Elle remarqua le nombre d'enfants en bas âge qui jouaient sur la terrasse sous l'œil attentif des parents. D'autres, plus âgés, comme Aline, Lucie, Julien, circulaient parmi les plus grands. C'étaient eux qui faisaient de cette immense famille quelque chose de vivant, de durable, solidement tourné vers l'avenir.

Jeanne l'entraîna vers une table qu'on n'avait pas encore prise d'assaut. Viviane savait qu'il s'agissait d'un prétexte pour qu'elles soient seules.

— Il y a une chose que je ne t'ai pas encore dite. Pourtant, c'est important. Je suis amoureuse.

Un éclair de joie illumina les yeux de Viviane, y laissant une empreinte chaleureuse.

– C'est beau, être amoureuse! Tu as de la chance.

La jeune fille baissa la tête, puis la redressa vivement.

– Je ne suis pas habituée à cette présence d'un homme dans mon cœur. Je ne sais pas trop quoi faire.

– Parce que tu hésites à coucher avec lui?

Jeanne regarda sa sœur avec une tendre admiration.

– Comment le sais-tu?

– Comment veux-tu que je ne le sache pas? répondit Viviane. À ta façon, c'est ce que tu viens de dire.

– Toi, tu devines tout! Mais qu'est-ce qu'on fait, quand on a dix-sept ans?

– On apprend à vivre. Et c'est toujours toi qui sais ce que tu veux vivre et ce que tu ne veux pas vivre.

Un déclic leur fit tourner le visage. Gaston prit une autre photo, les remercia et s'éloigna. D'autres s'approchèrent, soit pour se servir à manger, soit pour être près de Viviane, lui parler, l'écouter. Une voiture tardive arriva.

– C'est maman! s'écria Jeanne. Viens!

Viviane n'avait pas vu sa mère depuis cinq ans, mais c'est surtout poussée par Jeanne qu'elle courut l'embrasser. Son visage n'avait pas changé, ni la couleur de ses cheveux, qu'elle teignait depuis longtemps. Les deux femmes se dévisagèrent longuement, incertaines, comme si la froideur de la mère mettait un frein à l'élan affectueux de la fille. Solange, secrète, prudente, n'exprimait jamais ses émotions. Son drame, adolescente, avait figé son cœur, en la poussant à dresser autour d'elle des barrières protectrices. Viviane remarqua à quel point elle se démarquait d'Yvette, sa sœur jumelle, toujours nerveuse, excitée, angoissée. Leur tempérament s'était inscrit sur leur visage jusqu'à rendre les deux femmes absolument différentes l'une de l'autre.

– Tu as l'air en pleine santé! s'écria Étienne, le mari de Solange. Je te comprends bien! Nous, deux semaines dans les îles, ça nous a remis sur pied. Alors toi, avec tes voyages...

Il se tourna ensuite vers Jeanne et la serra dans ses bras. Il aimait passionnément sa fille et ne craignait pas de l'afficher.

– L'avion est parti en retard. Nous avons bien eu peur d'arriver juste pour le dessert.

La foule qui se pressait autour d'eux s'écarta pour laisser passer Octave, le grand-père, qui s'arrêta devant Solange et lui caressa brièvement les cheveux.

– Aujourd'hui, c'est la fête, dit-il. Pour que les gens qui s'aiment partagent la joie de se retrouver et que ceux qui ont eu des disputes en profitent pour se réconcilier. Ce soir, je veux une famille unie!

Il parlait comme quelqu'un d'habitué à imposer sa volonté. Solange l'embrassa sur la joue. Elle n'avait à se réconcilier avec personne, sauf avec son passé, qui était irréparable. Rien n'effacerait jamais la cicatrice dans le tissu familial. Pourtant, elle continuerait à faire semblant qu'elle n'existait pas. Quand elle avait été repoussée en dehors du cercle, à l'époque de la naissance de Viviane, l'accueil généreux de sa tante avait amorti le choc. Il lui fallut néanmoins se débrouiller pour survivre. Serveuse dans un restaurant, caissière dans un cinéma... Enfin, cet emploi de vendeuse dans la boutique de fourrures que possédaient les parents d'Étienne. Devenue l'assistante de ce dernier, elle avait fini par l'épouser. Elle voulait tellement un foyer, une famille qui serait la sienne! Étienne avait bien accepté Viviane, sans jamais la considérer vraiment comme sa fille. Il la traitait toutefois en invitée de marque dans la maison et il lui facilita les choses quand elle décida de s'établir toute seule après son admission à l'université. Solange ne s'était sentie vraiment mère qu'avec Jeanne. Auparavant, elle avait obscurément reproché à Viviane son existence même, qui lui avait gâché sa vie. C'était grâce à son mariage, à la boutique qui était maintenant la sienne, que Solange pouvait regarder ses parents, ses frères, ses sœurs, la tête haute.

Ne trouvant rien à dire à Viviane, qu'elle aimait bien mais qui ranimait trop facilement chez elle une honte secrète, une confuse culpabilité, Solange se laissa happer par tous ceux qui voulaient l'entendre parler de ses vacances à la Barbade. Viviane aperçut sœur Marguerite, qui marchait un peu comme une automate, peut-être parce qu'elle était très myope, malgré ses lunettes.

— Ah, je te trouve enfin! s'exclama la vieille religieuse. Je n'ai pas vraiment dormi. Je pensais à toi. Viens, asseyons-nous. J'ai passé l'âge de rester trop longtemps debout.

Elles trouvèrent deux chaises à l'écart du va-et-vient.

— Tu sais que tu n'es pas tout à fait à ta place ici, dit Marguerite.

Une légère tristesse colorait sa voix. Elle avait surtout énoncé une tranquille évidence.

— C'est ma famille! Je les aime, et ils ont bien l'air de m'aimer un peu, vous ne trouvez pas?

– Je sais, je sais. Écoute, Viviane, j'ai appris à voir clair. J'ai aimé ma vie. Pas pour la religion, pour le couvent. Le couvent me mettait à l'abri de toutes les bêtises et de toutes les bassesses... Enfin, ça ne manque pas de mesquinerie, la vie au couvent. Il y en a un peu moins parce qu'il y a moins de gens. Non, ce n'est pas de cela que je veux parler. Je disais que tu n'es pas à ta place, parce que tu es nette et que les autres ne le sont pas. Alors, il y aura des chocs, des collisions. Méfie-toi. Dans chaque groupe, il y a un traître, et des pauvres gens qui accusent et punissent pour se protéger de ce qu'ils ne comprennent pas. C'est comme ça, et ça ne peut pas être autrement.

Une ombre angoissée fouetta son visage, en redessinant de vieilles cicatrices. Et elle avait parlé de collision, exactement comme l'oncle Adrien.

– Ma tante...

– C'est inévitable. Je te regarde, et je le sens. Alors, j'ai réfléchi. J'ai connu un homme honnête. Un seul. C'est déjà beaucoup. Je ne l'ai pas vu depuis vingt ans. Il est encore vivant, il est encore là. Si jamais tu as des problèmes, va le voir. Tu le connais aussi, je crois. C'est Ernest. Et tu pourras lui dire que Marguerite pense toujours à lui comme à quelqu'un de bien.

Troublée, Viviane se rappela qu'Adrien lui avait fait une recommandation semblable. Pourquoi tous ces gens s'inquiétaient-ils à son sujet? Que voyaient-ils en elle, autour d'elle, qu'elle ne voyait pas elle-même?

– Je ne me sens en conflit avec personne, ma tante. Pourquoi me parlez-vous comme ça?

La vieille religieuse essuya une larme qu'elle n'avait pu retenir.

– Je sais, tu aimes tout le monde. Cela ne t'aidera pas, au contraire. Tout à l'heure, je pensais à Jésus. Quand il est revenu à Jérusalem, on lui a fait une fête. Et tu connais la suite.

Sœur Marguerite leva la tête. Sœur Michèle se trouvait seule près d'une table. La vieille femme étreignit le bras de Viviane et alla rejoindre sa compagne de couvent, au cas où elle aurait besoin de quoi que ce soit.

* * *

– Ohé tout le monde! hurla Léopold. Votre bien-aimé maître de cérémonie demande un peu de silence! Évidemment, personne ne m'écoute. Je devrai essayer autre chose. Voyons donc... LA SOUPE EST SERVIE! Là, c'est mieux. Maintenant que vous m'entendez, vous m'écouterez peut-être.

– Fais vite! Le peuple a faim!

– Justement, il s'agit de cela. Le ventre d'abord, les discours après. La maison vous offre les splendides hamburgers de Gérard, les tourtières hors saison de Mariette, le gigot très peu pascal d'Hubert, les divins morceaux de poulet de Maryse, les exquises pommes de terre de Madeleine, la surprenante ratatouille de Jeanne, quelques truites de votre serviteur et bien d'autres mets succulents concoctés avec ferveur et enthousiasme en l'honneur de Viviane, dont le retour a déclenché cette faramineuse opération, d'Octave et de Germaine, à qui nous devons tout, de sœur Marguerite, notre doyenne favorite, et...

– À table! À table!

Viviane se retrouva entre André et Jeanne. Elle leur demanda des nouvelles d'Ernest. Jeanne ne le connaissait pas. André, le policier, lui raconta que le vieillard vivait comme un ermite au bord du lac, toujours à côté du chalet de Normand. Il sortait rarement de sa tanière. On le rencontrait parfois au village, à moitié sourd, quoique encore bien portant. Il faisait encore de la trappe en hiver. Il ne renouvelait pas son permis depuis longtemps. On passait l'éponge, sachant qu'il s'agissait surtout d'un vieux passe-temps. Pourquoi s'intéressait-elle à lui?

— Il n'est pas de la famille, je sais. Je me souviens d'avoir fait une randonnée en raquette avec lui, quand j'étais petite. Maman a cru qu'il m'avait kidnappée.

— C'est vrai, on le soupçonnait du pire, parce qu'il ne parlait à personne. Il doit avoir quatre-vingt-dix ans, tu sais. Dur comme un vieil arbre, et pas commode du tout. Adrien lui a suggéré de le rejoindre au foyer, mais Ernest a dit qu'il préférait mourir seul, comme les loups. Pour moi, du moment qu'il ne fait pas de trouble, il peut bien vivre comme il veut.

Frappée par ce dernier commentaire, Viviane songea aussitôt à ses oncles Raymond, le gérant de la caisse populaire, Normand, le dernier fermier, et Édouard, le curé. Comme André, ils avaient horreur du désordre, de tout ce qui pouvait troubler leur manière de vivre ou simplement heurter leurs convictions. Ils n'hésiteraient pas à sortir les griffes et à montrer les dents devant la moindre menace à leur tranquillité.

Autour d'eux, on ressassait de vieux souvenirs, et on faisait de même aux autres tables. Le jour où Normand s'était fracturé la jambe en tombant du toit de l'étable, la colère d'Octave quand Raymond avait vendu en faisant un beau profit un coin de terre qu'il lui avait donné, la célèbre courroie disciplinaire de Mariette dont ses plus vieux enfants avaient souvent écopé, la fois où Hugues avait failli mettre le feu au magasin de ses parents, l'accident de voiture, à la sortie du village, qui avait presque coûté la vie à Pierre, les nombreuses frasques de Josette, quand elle amenait des hommes à la maison... La première fois, son père l'avait renvoyée au motel, puis il s'était résigné aux mœurs de sa fille, jusqu'au jour où elle arriva accompagnée d'un Noir.

— C'est drôle, les gens, quand on les connaît, murmura Jeanne, en accompagnant Viviane qui allait chercher du dessert. Que penses-tu de Raymond et de Ginette?

— Ils ont l'air heureux ensemble. Ou, plutôt, bien habitués l'un à l'autre.

— Parfois, quand il a bu, il se met en colère. Ou il boit pour se mettre en colère. Alors, il la bat. Une gifle, un coup de poing... Tout le monde le sait et personne ne dit rien.

— Et elle ne porte pas plainte?

— Pour elle, ça fait partie de leur relation. Une chose intime, un secret privilégié. Elle aime être punie et elle aime ce qu'il fait ensuite pour se faire pardonner. Pendant quelques semaines, il redevient un homme généreux, prévenant, affectueux. Alors, qu'en penses-tu?

Elle essaya de s'imaginer le digne banquier, ivre, frappant sa femme, plutôt corpulente. Cela semblait tellement irréel!

— Je ne jugerai jamais la vie des gens. Toi, qu'en dis-tu?

— Je pense qu'à part toi, la plupart des gens sont malades.

— Pourquoi, à part moi?

— Personne n'est comme toi, Viviane. Tu fais partie d'un autre monde. Tu es un autre monde. Les autres, quand on gratte la surface, on découvre des choses laides. Toi, plus on te connaît, plus on voit du soleil.

Viviane se demanda ce qu'elle avait bien pu faire pour s'attirer un tel amour. Elle se souvenait de sa demi-sœur comme d'une belle enfant douce et vive, plutôt solitaire, qui parlait rarement, souriait facilement. À son départ, Jeanne devait avoir douze ans. L'adolescente l'avait-elle embellie dans son souvenir? La rêvait-elle encore, depuis la veille?

À table, on parlait maintenant du présent, on faisait des paris sur les prochains mariages, on discutait des avantages des fermes laitières et des fermes d'élevage, de vivre en ville ou à la campagne, du système d'éducation, de l'utilité d'installer une antenne parabolique pour avoir accès à un plus grand nombre de chaînes de télévision. De temps en temps, entre deux phrases, des altercations sans importance, des coups en bas de la ceinture, des marques d'affection. Viviane se sentait plongée dans un bain d'humanité d'une indéniable richesse.

Léopold se mit alors à frapper bruyamment le gril d'un barbecue.

— Avez-vous bien mangé?

— Oui! cria-t-on à l'unisson.

— Ce repas pantagruélique ne constitue pas l'aboutissement de la fête! Au contraire, il avait pour but de vous donner les forces d'affronter la soirée. Il y aura des jeux, de la danse, deux cent quatre-vingt-treize mille façons d'avoir du plaisir ensemble. Nous avons confié à Gaston le soin de faire un photo-reportage. Quand vous voyez sa caméra, ne souriez pas! C'est beaucoup plus amusant quand nous retrouvons nos grimaces habituelles. Nous tirerons cet album historique à vingt exemplaires, et les profits serviront à financer...

– Bravo! Bravo!

– J'ai compris! s'exclama Léopold. On me demande d'abréger. Bon, j'obéis. Au nom de tous, je voudrais remercier Octave et Germaine. Pour la première fois depuis longtemps, nous avons ici la famille au complet. Oui, mes comptables et chroniqueurs, Pierre et Yvette, m'ont garanti qu'il ne manquait personne. Buvons donc à la santé de grand-père et de grand-mère!

Les verres se levèrent et se vidèrent aussi vite.

– L'élément catalyseur de ce grand événement, poursuivit Léopold, s'appelle Viviane. Applaudissons! Merci. Viviane, comme tu as pu le remarquer, la chaleur d'une famille se mesure en décibels. Je t'observe depuis plusieurs heures, et je dois dire que tu...

Il hésita, comme s'il ne trouvait plus la blague qu'il s'apprêtait à lancer. Son ton changea, brusquement.

– Viviane, dit-il affectueusement, nous sommes tous heureux de te revoir parmi nous. Tu t'es baladée dans dix-huit mille pays, tu as connu, je l'espère, autant d'amours, ce qu'on voit au bonheur qui jaillit de toi, et je... Non, je suis trop ému. Je te cède la parole.

– C'est ça! cria-t-on. Un discours! Un vrai discours!

Viviane se leva. Son regard sembla s'arrêter sur chacun, ne fût-ce qu'une fraction de seconde. Elle perçait alors chaque signe de l'éternelle difficulté de vivre, les petits soucis quotidiens, l'entêtement à occuper son espace dans l'existence, la chaleur et les froids de chaque amour dont l'ensemble formait une belle toile familiale.

– Je vous aime, déclara-t-elle. Je vous aime tous. Et je vous dis merci d'être ici et d'être ce que vous êtes.

Comme si elle avait jeté autour d'elle un baume inattendu, un silence palpitant suivit ses paroles. Hubert se leva alors. Il prenait si rarement la parole en public que sa cousine Madeleine le regarda avec une admiration étonnée.

– Nous aussi, nous t'aimons. Nous tous. Et maintenant que tu es de retour, je veux te dire que... je ne sais pas... tu pourras toujours compter sur moi, sur nous...

Il se rassit, incapable de trouver d'autres mots. Viviane lui sourit. Malgré elle, elle songea que ceux qui clament très haut leur dévouement connaissent souvent les premiers leur moment de défaillance. Elle était pourtant sensible à l'affection qu'il lui montrait, et que tellement d'autres semblaient partager.

Sa mère vint s'asseoir auprès d'elle, son café à la main.

– Ne m'en veuille pas si je ne te parle pas souvent, si je ne t'ai jamais parlé. J'ai toujours été maladroite à ton égard.

– Je n'ai pas besoin de mots, tu le sais bien, répondit Viviane, encourageante.

– Moi, aujourd'hui, j'en ai besoin, dit Solange. J'ai besoin de te dire, comme Hubert, que je t'aime beaucoup. Merci de m'avoir envoyé ces lettres, quand tu étais si loin. C'était précieux.

– Je t'écrivais parce que je pensais souvent à toi.

On dansait déjà sur la terrasse, autant les jeunes gens que les plus vieux. Viviane les observait avec plaisir, sans éprouver l'envie de participer à la joie ambiante. Sœur Marguerite vint lui faire ses adieux.

– Nous partons, Michèle et moi. Pierre va nous reconduire. Souviens-toi d'Ernest.

Elle hésita, puis s'assit à côté de la jeune femme. Personne ne pouvait les entendre.

– Comment ne pas tout te dire? On raconte des sottises au sujet d'Octave et de moi. Oui, il me courtisait. Mais j'aimais Ernest. Il était marié. À l'époque, c'était une barrière infranchissable. Quand il s'est retrouvé veuf, j'avais vingt ans de couvent sous la peau. La vie religieuse aussi était une barrière infranchissable. Pourtant, je n'ai pas l'impression d'avoir perdu ma vie. Oh, Viviane, j'ai peur pour toi!

Une larme parut au coin de l'œil de la vieille femme.

– Que pourrait-il m'arriver?

– Tu restes là, isolée, peut-être aveuglée par une sorte de sagesse. Une certaine prescience, qui sait? On n'échappe pas à son destin. Ne me dis pas que tu ne comprends pas. J'ai toujours senti qu'il y avait en toi quelque chose de divin, qui éclaterait un jour ou l'autre. Non, tais-toi. Je sais ce que je dis. Une fleur ne peut faire autrement que d'embaumer la pièce, et trop de gens ne supportent pas ce parfum. Allez, embrasse-moi.

Sans effort, comme un film baigné dans le révélateur, Viviane comprit ce que sœur Marguerite et tant d'autres lui suggéraient depuis la veille. À mesure qu'elle connaissait, qu'elle découvrait, qu'elle comprenait les membres de sa famille, tous des êtres chers, à qui elle voulait le plus grand bien, elle sentait qu'ils vivaient dans un engrenage de secrets, de duplicité, de peurs intimes, comme tout le monde. Elle, elle n'avait jamais été capable de mentir. Se taire, oui, à condition qu'on ne l'interrogeât pas. Ceux qui la voyaient avec un peu de perspicacité et observaient aussi son entourage se rendaient bien compte de l'effet qu'elle produirait inévitablement, tel un morceau de sucre dans une tasse de thé, un bâton d'encens dans une chambre close.

André l'invita à danser. Elle apprécia l'occasion de bouger, de se déhancher sur un air de rock. Le morceau fit place à un slow et elle se retrouva dans ses bras.

— Si je n'étais pas marié, et si tu n'étais pas ma cousine, je crois que je deviendrais amoureux de toi, murmura-t-il.

Prise au dépourvu, tout en étant incapable de reprocher à quelqu'un de faire état de ses désirs, elle répondit :

— C'est très gentil, ce que tu viens de dire.

— Vraiment, tu es très attirante. As-tu un amoureux?

— Je viens à peine de rentrer. Ça viendra quand ça viendra.

— Je te souhaite beaucoup de bonheur, Viviane. Si tu t'ennuies, pense à moi.

Elle dansa ensuite avec Léopold, Fernand, Antoine, même avec Normand. Plusieurs de ses cousins et de ses cousines lui répétèrent, souvent en empruntant les mêmes mots, les propos d'Hubert : elle pouvait compter sur eux, ils l'aimaient, ils feraient tout pour elle. Si elle leur demandait pourquoi ils disaient cela, ils s'esquivaient, ils ne savaient pas quoi répondre.

* * *

La nuit était tombée comme un changement de décor. Annonçait-il la fin de la pièce ou une autre scène? Certains commençaient à partir, d'autres s'installaient dans le salon ou continuaient à danser. Viviane, fatiguée, prit place dans un sofa. Jeanne en profita aussitôt pour s'asseoir à ses côtés. Elle fit plus, elle s'installa de biais, en s'appuyant indolemment sur sa demi-sœur, qui n'hésita pas à lui passer la main autour du cou.

– On est tellement bien près de toi! murmura la jeune fille.

– Bientôt, j'espère que tu te sentiras comme ça avec le garçon que tu aimes.

– Le garçon? s'étonna Jeanne.

Puis, comme si elle se rappelait sa confidence :

– Je ne crois pas. C'est un sportif, le type énergique, peu affectueux. Je ne sais pas pourquoi je pense à lui, ce n'est pas parce que je cherche de la douceur. La douceur, c'est toi.

– Tu me raconteras cela demain.

– Je serai bien obligée. As-tu remarqué qu'on ne peut pas avoir de secrets pour toi? Si on ne les dit pas, tu les devines.

Jeanne ferma les yeux. Le tableau des deux sœurs immobiles, tranquillement blotties l'une contre l'autre, était tellement touchant que personne n'osa les déranger. Viviane elle-même ne bougeait pas, croyant que Jeanne dormait. Il y avait les enfants, bien sûr. Parmi les adultes, Jeanne, la plus jeune, était aussi la plus aimée. À sa naissance, Viviane avait dix-neuf ans. L'affection qu'elle éprouvait envers sa demi-sœur ne manquait pas de douceur maternelle.

Longtemps après, la jeune fille se redressa.

– Merci. C'est vrai que tu n'es pas comme les autres, Viviane. Auprès de toi, on se sent chez soi. On se sent libre. On n'a plus l'impression que le monde nous est hostile.

Jeanne se leva, embrassa Viviane sur la bouche, légèrement, et alla rejoindre ses parents. Après deux semaines de séparation, elle tenait à retrouver leur compagnie. Viviane se résolut à se mêler aux autres, de nouveau, parfois heureuse d'échanger quelques mots, ou indulgente devant des blagues idiotes, ou complice de jeux de société qu'on mettait en branle pour ranimer la ferveur de la soirée.

D'où lui venait cette impression de lire au fond de chacun? Il suffisait d'un regard, d'une expression, de quelques paroles, qui s'ajoutaient parfois aux confidences des uns et des autres. Édouard tournait autour d'elle sans oser lui parler. De quoi avait-il peur? De lui révéler qu'il avait peut-être perdu la foi? Quelques commentaires avaient suffi à le trahir. Il ne cherchait plus à convaincre personne. Il aimait la prêtrise comme on aime son métier. Être prêtre, c'était aider les gens à vivre, et à vivre dans l'ordre et non dans le chaos, en observant une morale claire comme un livre de recettes. Quand Raymond était parti pour l'Afrique, Édouard en avait éprouvé une profonde jalousie. Il avait tant rêvé d'être un missionnaire aimé, respecté, un saint! Comment trouver le courage de tout quitter? Il tenait trop à sa famille. Bien qu'il n'eût jamais reçu le village comme paroisse, et ayant toujours dû vivre ailleurs, sa famille demeurait ce qu'il possédait de plus cher, une famille qui ne devrait jamais changer, qui témoignerait éternellement de la qualité inaltérable de leurs traditions, de leurs souvenirs, de leur cohésion à tous. Édouard avait choisi très tôt de devenir prêtre, encouragé et poussé par son père, et pourtant c'était lui qui avait hérité le plus du caractère patriarcal d'Octave. Si jamais on menaçait la famille, Édouard la défendrait comme un loup.

Même Pierre, à qui le carcan familial avait toujours pesé, demeurait solidement attaché à ce qu'il représentait : la protection, la sécurité, la solidarité, une barrière contre la tentation de la liberté, ce gouffre dangereux entre tous. Viviane l'avait surpris lorsqu'il observait ses filles en train de danser. Ce regard possessif, jaloux, comme si elles lui appartenaient... Il croyait les aimer, ce qui était vrai, mais il les désirait aussi sensuellement, ce qu'il n'était pas prêt à s'avouer. Viviane l'imaginait bien devant ses classes, autoritaire et sur la défensive avec ses étudiantes, sans même comprendre les raisons de sa nervosité. Pour lui, comme pour Marthe, son épouse, l'essentiel, c'était les bonnes manières. Il convenait d'éviter la sincérité, de la garder là, dans un clos bien délimité, pour ne pas sombrer dans l'incertitude, les interminables problèmes de conscience, les sables mouvants de la vie. Avec son esprit critique et son respect indéniable des gens, il donnait l'illusion d'être un homme ouvert, tolérant, compréhensif. Il conservait cependant intact le vieil instinct territorial accroché aux liens familiaux.

Parmi les plus jeunes, plusieurs faisaient semblant de considérer leurs relations familiales comme un arrangement d'affaires. Léopold, le plus pragmatique, affirmait qu'il demeurait chez ses parents parce que ça lui coûtait moins cher, malgré la pension qu'il tenait à leur verser. Hugues, le fils d'Yvette, encore mineur, disait qu'il attendait le jour où il pourrait vivre seul, à Montréal. Il suffisait toutefois de les entendre parler pour découvrir qu'ils partageaient le même esprit de clan. Comme Édouard, ils porteraient toujours la famille en eux, peu importe l'endroit où ils vivraient.

Elle alla saluer ses grands-parents, qui s'apprêtaient à partir. Germaine la serra contre elle.

— Je t'aime tellement! Je sais, je n'ai pas de mérite, j'aime tout le monde. Mais toi, te voir ici, parmi nous, tellement bien entourée... Tu as l'air heureuse. Je te souhaite de le rester toujours.

— Merci, grand-mère.

— Prends soin de toi, Viviane, dit Octave, chaleureusement. Tiens, je vais te montrer quelque chose.

Léopold apporta un grand carton blanc sur la marge duquel chacun avait signé son nom. Dans le cas des bébés et des enfants en bas âge, les parents s'en étaient chargé. Au centre, on placerait les plus belles des photos prises par Gaston au cours de la soirée.

— Il y a ici quarante-cinq signatures. La tienne, la mienne, celle de tous. Pour moi, c'est la plus belle chose qui soit. Cela nous représente tous, réunis, unis, ensemble. Partage avec nous toutes les qualités qu'on sent en toi, riches et nombreuses, et jouis aussi de tout ce que les autres t'apportent. Je te souhaite d'avoir beaucoup d'enfants un jour, c'est ce qu'il y a de plus beau, et qui devient toujours plus beau avec le temps.

Il la dévisagea, gravement. Ses lèvres tremblèrent légèrement. Il réprima son émotion et étreignit Viviane.

— Viens parfois me voir, mon enfant.

Comme la mer se retire, comme la tempête s'amenuise, un grand calme s'installa dans le salon, où il ne restait plus qu'une douzaine de personnes. On servit d'autres digestifs, du thé, du café.

– Quelle superbe journée! s'exclama Léopold. Mon seul regret, c'est de n'avoir pas entendu Viviane nous raconter ses voyages autour du monde.

– Ce qui m'intrigue, moi, avoua Raymond, c'est comment tu vivais. Après tout, il faut se loger, se nourrir!

– Écoutez donc le banquier! Une femme a toujours des ressources, expliqua Léopold, affichant un sérieux qui ne trompait personne. Elles constituent son capital privé. On en fait un bien locatif, en cas de besoin. On peut aussi passer de la drogue. Il y a des tas de façon de vivre!

Il aimait provoquer Raymond par de tels propos.

– La vérité est plus prosaïque, dit Viviane, en souriant. En Indonésie, j'avais un emploi. Très bien payé. Et je dépensais fort peu. Plus tard, au Mali, j'ai obtenu un contrat à court terme dans un projet d'aide. En Thaïlande aussi, auprès des réfugiés. La Polynésie m'a coûté très cher, mais ça valait le coup. Parfois, au Brésil, au Rwanda, en Australie, des gens ont eu la gentillesse de m'accueillir. Il m'est arrivé d'être amoureuse, de vivre avec des hommes. Le plus souvent, je préférais rester seule. Je n'ai jamais manqué de rien. J'avais toujours de bonnes économies. J'allais de pays en pays, quelques semaines ici, parfois quelques mois. On trouve toujours moyen de vivre à bon marché. Je n'ai jamais rien dû demander à personne.

La simplicité de l'explication déconcertait ceux qui l'entendaient.

– Que cherchais-tu?

– J'ai voulu connaître le monde. Rencontrer les gens, partout. Toutes sortes de gens. Ce que j'ai fait est à la portée de chacun.

Elle sentait autour d'elle autant d'admiration que d'envie, autant de doute que de sympathie.

– Et là, quels sont tes plans? demanda Raymond. Je ne parle pas de ton prochain emploi, cet automne, je te parle de ta vie.

– Je n'ai pas de plan. Je suis ouverte à ce qui peut venir.

– Alors tu vis dans l'instant, pour l'instant qui passe?

Il semblait soucieux, comme s'il ne parvenait pas à la caser sous la rubrique appropriée d'un formulaire.

– C'est quoi, l'instant? Chaque instant se rattache au passé et à l'avenir par la mémoire, le désir, l'espoir.

– Viviane ne vit pas dans l'instant, précisa Jeanne. Elle vit dans l'éternité. C'est en dehors du temps.

Quand elle parlait comme ça, Étienne, son père, levait les yeux au ciel en se demandant où elle allait pêcher de telles idées et un tel vocabulaire.

– Tu as toujours une place chez nous, dit-il à Viviane.

Viviane le remercia. Elle ne tenait cependant pas à retrouver cet environnement à la fois chaleureux et guindé, qu'elle connaissait bien. Solange, extrêmement vulnérable, fragile et faible, vivait aux prises avec un profond sentiment de culpabilité qu'elle ne cessait de nourrir elle-même. Vendeuse dans le magasin de four- rures, elle s'était donnée au fils du propriétaire comme si elle offrait une marque de reconnaissance pour l'emploi qu'on lui accordait. Elle l'avait ensuite épousé pour être surveillée, comme il surveillait les comptes et les marchandises, en se portant garant de leur qualité. Elle menait une vie rangée, impeccable, pour se prouver et prouver aux autres qu'elle n'était pas une fille perdue. Viviane aimait beaucoup sa mère, mais l'atmosphère qu'elle créait autour d'elle lui était irrespirable.

– Pourquoi passer l'été à Montréal, quand tu as ici de l'air pur? dit Normand. Nous avons des chambres libres, et tu es la bienvenue.

Viviane ne s'y attendait pas. Mariette insista. Il y a toujours quelque chose à faire dans une ferme et elle ne se sentirait pas inutile. Si elle se fatiguait de l'endroit, elle pouvait disposer du chalet, au bord du lac.

– Installe-toi ici quelque temps, proposa Normand. Dans une semaine, dans un mois, tu pourras changer d'avis, si tu veux. Ça nous ferait plaisir de t'avoir le temps que tu voudras.

Elle accepta. Même s'il avait fait son offre de bon cœur, Étienne parut soulagé par la tournure des événements. Il se méfiait tellement de la façon dont sa fille regardait Viviane! Comment ne pas trouver suspecte l'influence de gens instables, de vagabonds? Il se retira bientôt, suivi de Solange et de Jeanne, qui promit à Viviane de venir la voir chaque fin de semaine. Raymond, Ginette et leurs filles décidèrent aussi qu'il était grandement temps de rentrer chez eux.

En se couchant, Viviane se demanda ce qui avait pu pousser Normand à l'inviter à demeurer dans sa maison. Elle soupçonna Octave de le lui avoir suggéré. Elle savait aussi qu'en acceptant, elle faisait fi de tous les avertissements. C'était dans ce foyer qu'elle risquait le plus de semer la discorde. Normand, qui se voulait, comme son père, à la tête d'une tribu, était aveugle en tout ce qui touchait à ses enfants. Il ne voyait pas qu'Hubert était amoureux de Madeleine et persistait à considérer celle-ci comme une proche cousine de son fils. S'il apprenait la vérité, il y verrait une relation coupable. Même Hubert refusait de voir les conséquences de ses sentiments. Quand il aborda le sujet, discrètement, par sous-entendus, au cours de la soirée, Viviane répondit qu'on aime toujours à tort et à travers et que cela n'a pas d'importance. Ce qui compte, c'est d'aimer. Normand ne soupçonnait guère le genre de vie que menait sa fille Josette. Il la croyait volage, sûrement pas prostituée et cocaïnomane. Certains, plus ou moins au courant, avaient lancé à Josette des quolibets déguisés et des insinuations cruelles; Normand les avait parfois entendus, sans les comprendre. Parce que Léopold et Roger l'aidaient sans rechigner dans divers travaux de ferme, il les tenait pour de bons fils, sans se rendre compte que Léopold restait sous son toit par paresse et que Roger était viscéralement hostile aux valeurs morales que Normand plaçait au-dessus de tout. Quant à Diane, dans toute son honnêteté, elle n'attendait que le moment propice pour obtenir de son père les terres qui agrandiraient encore plus la ferme de son mari.

Comment cela n'éclaterait-il pas? Viviane savait qu'elle ne saurait pas l'empêcher, que la catastrophe se produirait un jour ou l'autre. Mais peut-on tourner le dos à son destin?

Chapitre III

L'ÉTÉ

L'EXALTATION du retour de Viviane avait fait place à la douceur quotidienne de la vie à la ferme. Les jours se succédaient, et les semaines, les veaux grandissaient, le blé d'Inde poussait, il pleuvait, il faisait soleil. Chez Normand, on s'était habitué à la présence de Viviane comme aux oiseaux qui élisent domicile sur un arbre et repartiront à leur heure vers d'autres horizons. Mariette appréciait vivement sa compagnie. Elle n'avait jamais su si elle devait traiter Viviane comme une nièce, ce qu'elle était, ou comme une jeune sœur, voire la première de ses filles. Mariette avait quinze ans quand sa grande sœur Solange s'était trouvée enceinte. Le premier bébé dans la famille! Les suivants, André et Hubert, n'étaient arrivés que huit ans plus tard. Les circonstances de la naissance de Viviane, l'enfant sans père, l'ostracisme dont on avait frappé Solange pendant quelques années, avaient gâché la joie de Mariette, en l'empêchant de montrer à sa nièce inattendue toute l'affection qu'elle éprouvait pour elle.

En l'accueillant, en l'hébergeant, elle croyait rattraper le temps perdu. Or, Viviane lui apportait davantage. Mariette ne chômait pas, ayant une infinité de tâches de ferme à accomplir, et les repas, et la lessive, et l'entretien de la maison, et les rencontres quotidiennes et toujours gratifiantes avec d'autres membres de la famille. Maintenant, parce que Viviane lui parlait et l'écoutait, Mariette découvrait qu'elle existait, elle avait une vie, une personnalité. Normand l'aimait, bien sûr, et ses enfants aussi. Pour eux, cependant, sa présence allait de soi, elle faisait partie des meubles. Viviane s'intéressait à elle.

Il ne s'agissait pas de paroles, de conversations exceptionnelles sur des sujets profonds. Viviane n'abordait que les thèmes les plus simples de la vie courante, avec une infatigable curiosité. On aurait cru qu'elle venait d'un autre monde et qu'elle découvrait la Terre. Le regard neuf qu'elle posait sur tout ce qui lui tombait sous les yeux surprenait sa tante et la touchait aussi, en la poussant insidieusement à réexaminer sa vie entière dans les moindres détails. Viviane voulait tout savoir, tout connaître, tout comprendre. Pourquoi avait-elle choisi un congélateur sur pied? Comment se débrouillait-elle pour écouler les surplus de crème? Combien d'employés engageaient-ils jadis, avant la mécanisation des opérations de ferme? Quelle était la qualité des services de santé auxquels ils avaient accès? Elles s'engageaient aussi sur des sujets personnels. Avait-elle eu des maladies sérieuses? Quel effet cela lui avait-il fait, de se retrouver grand-mère? Depuis quand les jumelles, Diane et Josette, avaient-elles commencé à évoluer de façon aussi différente? Envisageait-elle de prendre sa retraite ailleurs ou comptait-elle demeurer toujours à la ferme?

Ces conversations ressemblaient parfois à celles que Mariette tenait avec ses frères et ses sœurs, ses belles-sœurs et ses beaux-frères, ses nièces et ses neveux les plus âgés. Pourtant, après avoir parlé avec Viviane, Mariette éprouvait une grande fierté intérieure, une satisfaction inattendue à l'endroit de sa vie et de ce qu'elle était. Viviane mettait son existence en relief et lui en faisait voir toute la beauté.

Cela ne les empêchait pas d'être souvent en désaccord. Mariette trouvait Viviane beaucoup trop tolérante, comme si elle ne distinguait pas le bien du mal, comme si elle les diluait sous trop de nuances, comme si elle élargissait indûment la frange grise qui les séparait. Son respect de tous les comportements lui semblait dangereux. Il appartient peut-être à Dieu d'aimer les pécheurs aussi généreusement que les justes; sur terre, il faut bien juger et condamner, autrement on vivrait dans le désordre. Viviane n'allait jamais à la messe, elle feuilletait à peine les journaux, elle n'avait décidément pas l'habitude de regarder la télévision. L'indifférence que la jeune femme manifestait à l'endroit de sa propre vie troublait Mariette. Comment peut-on attacher aussi peu d'importance aux questions de carrière, à son avenir? Pourquoi Viviane ne songeait-elle pas à se marier, puisqu'elle aimait bien les hommes et les enfants?

Si elle trouvait leur invitée incompréhensible, Mariette ne l'en aimait pas moins et elle savait déjà que son départ laisserait un grand vide dans la maison. Heureusement, Viviane ne semblait nullement pressée de s'en aller. Elle ne vivait pas non plus aux crochets des autres. Bien souvent elle apportait du vin, du homard, des faisans, un gigot, et leur préparait un superbe repas. Elle aidait régulièrement Mariette à faire le grand ménage, elle louait un appareil pour laver les tapis, elle astiquait les casseroles qui n'avaient pas brillé depuis des années, elle s'occupait avec enthousiasme du potager.

Quand Viviane allait passer une journée ou deux à Montréal, Mariette se sentait tout à coup abandonnée. Au retour de la jeune femme, le soleil recommençait à briller. Elle n'aurait jamais cru qu'une personne puisse prendre tellement de place, rien que par sa présence.

* * *

Édouard avait gardé l'habitude de rendre visite à son frère Normand deux ou trois fois par mois, ne fût-ce que pour prendre un café. Dans son temps de séminariste, il regrettait en premier lieu d'avoir été sevré de sa famille. Sa détermination à quitter la maison paternelle lui avait alors permis de mesurer la force de sa vocation de prêtre. Au moment de prononcer ses vœux, il n'éprouva aucune difficulté à renoncer à des succès professionnels, des avantages financiers, des plaisirs charnels. Il savait que la vie religieuse ne l'empêcherait jamais de maintenir les liens qui l'unissaient à sa famille, dût-il s'en éloigner physiquement.

Il venait parfois pour quelques heures, parfois pour la journée, et retournait coucher chez lui, au presbytère, à une trentaine de kilomètres du village. La présence de Viviane à la maison l'inquiétait. Il avait entendu Octave, le jour du retour de la jeune femme, dire à Normand son plaisir de savoir qu'elle avait passé la nuit à la ferme. Le vieil homme avait encore ajouté : «Cette maison est aussi la sienne, et elle n'y a jamais vécu!» Croyait-il pouvoir retourner en arrière et réparer son propre comportement à l'endroit de Solange et de sa fille? Normand n'avait pas eu besoin qu'on soit plus clair. Puisque son père le souhaitait, il accueillerait Viviane aussi longtemps qu'elle le voudrait. Édouard jugea ce geste fort imprudent et décida de garder l'œil ouvert.

Ce jour-là, quand il arriva à la maison, Viviane s'y trouvait seule. Il accepta la bière qu'elle lui offrait.

– Quand je viens ici, dit-il, tout redevient comme il y a vingt-cinq ans, comme il y a quarante ans. Mon enfance, mon adolescence... J'aime mon métier, et c'est très important. N'importe, c'est en retrouvant la ferme, et tous les gens qui y sont rattachés, que je me sens chez moi.

– Jadis, tu parlais de mission, de vocation. Aujourd'hui, tu parles de métier.

Ils avaient abordé le sujet, presque dans les mêmes mots, le jour du retour de Viviane. Cette fois, il jugea utile de s'expliquer.

Quand je suis devenu prêtre, je rêvais encore ma vie. J'employais des grands mots. L'essentiel n'a pas changé. Le métier de prêtre, c'est d'aider les autres, et pas autre chose. Aider même ceux qui n'ont pas la foi. Ou qui font semblant, comme si on pouvait nier l'évidence! Toi, quand tu étais plus jeune, tu te disais athée, pour m'irriter.

– Je le disais parce que c'était vrai.

Était-ce encore le cas? Elle fit signe que oui, en souriant très calmement. Édouard se rappela qu'un des aspects les plus exaspérants de Viviane, durant son adolescence, c'était son absence totale de conflits intérieurs, de problèmes de conscience, de crise morale ou religieuse. La sympathie qu'elle manifestait à l'endroit de Jésus était absolument irritante, un manque de respect envers la divinité. Elle en parlait comme d'un personnage de roman, en soulignant la médiocrité de ses relations avec ses parents et avec le pouvoir religieux, les aspects décousus de sa doctrine, son manque de rigueur philosophique, toutes choses qu'elle trouvait attachantes. Elle ne semblait voir dans l'histoire sacrée qu'une sordide dispute de famille, le drame d'un homme dont on s'était cruellement débarrassé parce qu'il commençait à gêner tout le monde. Édouard se souvenait bien de ces discussions qui l'offusquaient tellement! Viviane avait pris les croyances qu'on lui avait inculquées et les avait secouées et dépoussiérées comme on le fait d'une vieille couverture.

– Je n'ai plus les convictions solides de jadis, avoua-t-il. Quand on a passé tant d'années à répéter les mêmes paroles, on finit par se demander s'il y a là autre chose que des mots. Il y a toujours une part de vent, de hasard, d'incertitude dans les croyances, par contre, je ne suis pas prêt à dire, comme toi, que les religions ne sont que des systèmes de superstitions. Enfin, chacun s'arrange avec sa conscience! Je ne te reprochais pas ton athéisme, je trouvais que tu donnais le mauvais exemple.

– Jadis, tu parlais de mon influence subversive. Et comme je n'ai pas beaucoup changé, tu viens voir si je fais bien des dégâts autour de moi.

Comme elle voyait clair en lui! Il ressentit un violent sentiment de sympathie à l'endroit de la jeune femme. Comment le lui dire? Il souffrait lui-même de la pauvreté de son développement affectif, interrompu depuis le jour de son départ de la ferme. Malhabile avec les gens, il se réfugiait dans son rôle de prêtre compatissant.

— Je veux simplement t'aider.

Elle soupira, découragée.

— M'aider. Aider les autres, selon tes termes. Aider les gens à vivre comme tu crois qu'il faut vivre, à devenir ce que tu crois qu'il faut être dans la vie. Qu'est-ce qui te fait penser que j'ai besoin d'aide, de ton aide?

Bien que la jeune femme ne montrât aucune agressivité, Édouard se cabra, les dents serrées. Non seulement elle lui résistait, mais elle rejetait sa fonction dans la vie des gens. Son ton se durcit.

— Tu es un arbre qui pousse de travers. Qui a toujours poussé de travers! Je sais, tu as manqué d'appui. Tu n'as pas fait partie de la famille de la même façon que les autres. Maintenant, tout cela, c'est du passé. Il y a quand même quelque chose en toi qui ne cadre pas avec le reste. Depuis ton retour, je ne rencontre plus personne sans qu'on me parle de toi. Gérard, Hubert, Mariette, Pierre, André, Raymond, Ginette, Roger, Brigitte... Ils sont tous collés à toi, tu les obsèdes, et j'aimerais tirer cela au clair.

— Ils parlent de moi parce que je représente quelque chose de nouveau. Mes fameux tours du monde!... Cela passera.

Édouard lui jeta un regard mélancolique. Justement, cela ne passait pas. Lui-même, il pensait à elle à tout moment, elle devenait dans sa vie un point d'interrogation. Parce qu'elle était là, il devait justifier son existence, il devait se demander, pour la première fois de sa vie, s'il avait eu raison de devenir prêtre. L'avait-il décidé de son plein gré ou pour ne pas s'opposer à la volonté de son père? Si lui, Édouard, possédait suffisamment de force de caractère pour résister au doute, est-ce que les autres seraient capables de ne pas se laisser impressionner par cette femme dont les yeux limpides constituaient une invitation à la plus vertigineuse des libertés? Il avait écouté tant de confessions, reçu tant de confidences! Il connaissait la fragilité, la vulnérabilité des êtres, leur facilité à sombrer dans la dépression ou à s'élever vers des hauteurs irrespirables dès qu'ils cessaient de s'accrocher les uns aux autres.

– C'est beau, enlever leurs béquilles aux infirmes en pensant qu'ils pourront marcher! Te crois-tu capable d'accomplir des miracles? Les infirmes se lèveront, trébucheront et se briseront d'autres membres. Laisse-les donc tranquilles!

Il se leva brusquement et se dirigea vers sa voiture. À mi-chemin, il se retourna.

– Je ne pense pas que tu sois méchante, Viviane. Au contraire, je sais que tu ne veux de mal à personne. Chacun a ses problèmes. Néanmoins, nous sommes une famille heureuse. Tu l'as bien vu, quand nous avons fêté ton retour. Ne trouble pas les gens, ne sème pas la discorde, même sans le vouloir.

Il lui sourit étrangement, comme s'il la suppliait, et s'éloigna, incertain, le pas lourd.

* * *

Roger accéléra. Il n'avait pas acheté cette moto pour impressionner les gens, étonner ses camarades, s'enivrer de vitesse. Il ne cherchait pas à gagner le respect de son père, même si Normand voyait dans ce passe-temps un heureux signe de courage, de force, de virilité. Quand il revêtait ses vêtements de cuir, Roger ne s'identifiait pas aux motards inquiétants des films populaires. Il aimait simplement ce contact direct du moteur, les vibrations qui gagnaient ses muscles, la tension nerveuse, l'impression de contrôler un monstre et de faire corps avec lui.

Viviane avait tout de suite accepté son invitation à une randonnée à moto. Comme tout était simple et facile avec elle! Lui qui n'aimait pas les femmes, insupportablement compliquées, il se prit à rêver qu'ils s'en allaient les deux vers un pays fabuleux où ils vivraient toujours ensemble. Elle serait sa sœur, sa mère, sa confidente, elle poserait sur sa vie le sourire amical qui dissiperait l'angoisse d'être différent des autres.

Il ralentit en approchant du village voisin, fit demi-tour dans une station-service et se lança de nouveau sur la route, le cœur battant. Ce n'était plus la moto qui le stimulait, mais la présence de Viviane, collée à son dos, la joue sur son épaule, les mains croisées sur sa poitrine. Il s'engagea plus lentement sur le chemin qui longeait le côté sud de la ferme paternelle et s'arrêta près du pont qui enjambait la rivière.

– C'était magnifique! s'exclama Viviane, en descendant.

Elle ôta le casque qu'il lui avait prêté et se passa la main dans les cheveux. Il l'entraîna jusqu'au bord de la rivière, une sorte d'esplanade rocheuse qui portait les traces de nombreux pique-niques, des canettes de bière, des sacs de plastique, même un condom que Viviane lui montra du doigt, en souriant.

– Ça fait plaisir de penser que des gens ont été heureux ici.

– Tu crois que les gens sont heureux quand ils font l'amour?

– Ils sont souvent malheureux quand ils ne le font pas et qu'ils en ont envie. Faire l'amour, c'est comme manger. Des fois, c'est pour se nourrir, tout bonnement, ou pour ne pas mourir de faim. Des fois, c'est parce qu'on est tenté par un fruit, par un dessert. Des fois, c'est de la gastronomie, un vrai régal.

Roger poussa le condom du pied, puis l'envoya carrément dans la rivière.

– Peut-être que je n'aurais pas dû, dit-il aussitôt. Le latex n'est pas biodégradable!

– Les archéologues de la prochaine ère géologique en concluront que l'homo sapiens était amphibie, ou que les poissons se servaient de capotes! Peut-être écriront-ils des livres fascinants sur l'utilisation de cet objet curieux. C'est étonnant, le plaisir, tu ne trouves pas? Ça tient à si peu de chose, et c'est tellement important!

Son regard amusé laissait une grande place à l'émerveillement. Roger se sentit tout à coup très bien, comme s'il venait de boire un grand verre d'eau fraîche.

– J'ai envie de te prendre dans mes bras, déclarat-il, d'une voix peu assurée.

Elle lui adressa un regard tranquille, accueillant. Il la serra contre lui, puis la relâcha.

– J'ai couché avec des filles, dit-il. Des prostituées. Je voulais savoir ce que c'est. J'ai eu de la chance, elles étaient très gentilles, et c'était bon. Ceci dit, je n'ai jamais fréquenté une femme sans avoir les nerfs en boule.

– Ce n'est pas toujours facile de connaître quelqu'un, de se laisser connaître, de mélanger deux sensibilités, les attentes, les goûts, les préférences. Est-ce plus simple entre hommes?

Il rougit. Comment avait-elle pu deviner cela?

— Jusqu'à présent, je me suis laissé draguer, comme ça, en passant, pour quelques caresses vite faites et vite oubliées. Sur le coup, c'est exaltant; vu de loin, c'est plutôt minable. Il n'y a pas longtemps, j'ai rencontré un garçon avec qui j'aimerais vivre. D'un côté, c'est plus prudent, quand on pense aux maladies. C'est aussi très imprudent quand il faut se cacher.

— Il n'est plus nécessaire de se cacher, remarqua-t-elle.

— Je ne supporterais pas qu'on le sache. Pas seulement à cause des préjugés. Si on me surprenait en train d'aimer un homme, je crois que j'aurais honte.

Viviane se baissa et trempa sa main dans l'eau. Il s'accroupit lui aussi, en imitant son geste.

— La rivière coule si facilement! dit-elle. Elle prend la place qu'on lui donne. Quand elle trouve un obstacle, elle tourne autour et poursuit son chemin. Pourquoi est-il si difficile de laisser circuler la vie qui se trouve en nous?

— Je vois d'ici la tête de mon père!

— S'agit-il vraiment de cela, Roger? Avoir tort, avoir raison, ce n'est pas important. Chacun a le droit d'avoir tort et le droit de se cacher. Et il n'y a pas de honte à dissimuler ce qu'on est, si on juge préférable de le garder secret. Il est triste d'avoir honte de soi, d'avoir honte de vivre comme on veut vivre.

Roger se releva, incertain. Il tendit la main à Viviane, la dévisagea longuement et baissa les yeux.

— Qu'est-ce que je dois faire?

— Je ne sais pas ce que tu dois faire! C'est ta vie.

L'eau suivait son cours, insensible aux paroles et aux gestes, et son éternelle indifférence faisait doucement naître une musique de liberté.

– Quand je suis avec René, quand nous faisons l'amour, c'est comme si le soleil descendait sur terre. Tout est clair, lumineux. C'est après, quand je pense à mon père, à ma mère...

Il chevaucha sa moto. Viviane serra la sangle de son casque et s'installa derrière lui.

– Tu as raison, dit-il alors. Le soleil est trop beau. Il ne faut pas chercher à l'éteindre.

Il savait déjà qu'il mènerait sa vie le front haut, au prix d'un inévitable affrontement entre son père et lui. Et il démarra, le cœur léger, comme si cette femme resplendissante venait de lui poser des ailes.

* * *

– As-tu déjà aimé des femmes? demanda Jeanne.

– Ça m'est arrivé, dit Viviane. Mais je n'en ai jamais été amoureuse.

– Pourquoi?

– Parce que ce n'est pas arrivé. Il s'agissait de moments de tendresse. Parfois, de sensualité, et c'était aussi bon.

– J'y pense, parce que j'ai vu des photos. Pas les deux filles ensemble. Parfois l'une, et parfois l'autre. Nues. J'ai tout de suite compris qu'elles s'étaient photographiées.

– Ça ne veut pas dire qu'elles s'aimaient. Elles voulaient peut-être avoir des souvenirs.

– C'est justement pour ça que j'ai apporté l'appareil photo. Je veux savoir à quoi je ressemble, et avoir plus tard un souvenir de ce que j'étais à dix-sept ans.

Elles étaient allées au chalet familial, dont Viviane se souvenait bien. Quand elle était enfant, c'est ici que sa mère s'installait souvent. Yvette, Raymond, Normand venaient avec leurs enfants, on se baignait, on jouait, on faisait des barbecues. Le chalet était demeuré plutôt rustique, avec la toilette sèche à l'extérieur. L'intérieur, mal entretenu, contenait quand même trois petites chambres, un salon, une cuisine, une pièce à débarras. Si on voulait rendre le chalet habitable à l'année longue, il faudrait refaire les murs, améliorer le système de chauffage, moderniser la salle de bains, remplacer le toit. Normand avait commencé à creuser une fosse septique. Il venait d'interrompre les travaux et parlait de construire une nouvelle maison au haut de la côte.

– Tu veux bien? insista Jeanne.

– Bien sûr, dit Viviane, en examinant l'appareil. Prépare-toi.

Une fois déshabillée, l'adolescente se recroquevilla, embarrassée. Viviane se mit à rire.

– Tu es très émouvante, toute nue, la rassura-t-elle. Et tu as tout à fait raison. Plus tard, tu trouveras ces photos très belles. Je te prendrai sous tous les angles, avec beaucoup de gros plans. On commence!

– J'ai mis un film de trente-six poses. Dis-moi, est-ce que c'est difficile de faire l'amour avec un homme?

Tout en parlant, Jeanne se plaçait devant la l'appareil, elle écartait les bras, elle se cambrait, elle levait une jambe, spontanément ou en obéissant à un signe de Viviane.

– C'est la chose la plus naturelle. Vraiment, tu n'as pas essayé?

– Non, j'hésite encore. Je ne te l'ai jamais dit, j'écris des poèmes.

– J'aimerais les lire. Es-tu très amoureuse?

Viviane sautait d'un sujet à l'autre aussi rapidement que sa demi-sœur.

– Les poèmes, c'est sur toi, c'est de toi, c'est pour toi. Lui, il ne m'inspire pas. C'est toi que j'aime.

Prise au dépourvu, Viviane se contenta de sourire. Elle continua à prendre des photos, en suggérant parfois des poses à l'adolescente. Jeanne éprouvait une joie exquise, éthérée, à s'offrir ainsi au regard de sa demi-sœur. Elle avait songé à emprunter une caméra vidéo ou un polaroid. Grâce à son emploi d'été comme vendeuse dans une boutique de films, elle n'aurait pas de difficulté à développer ces photos discrètement.

– C'est très compliqué en moi, tu sais, dit-elle. Quand je pense à ce que j'aime le plus au monde, quand je me demande auprès de qui je me sens le mieux, c'est toujours toi. Lui, c'est autre chose. Des fois, j'ai envie de coucher avec lui. D'autres fois, je trouve cela idiot.

– Pourquoi, idiot?

– Parce que ce n'est pas lui que j'aime. Il m'attire, c'est tout. Cela m'excite, de penser à lui. N'empêche, faire l'amour, comme ça, juste par curiosité... Je ne sais pas.

Elle contempla ses cuisses, son ventre, elle ferma les mains sur ses seins. Elle se trouvait maigre, anguleuse. L'air perplexe, elle regarda Viviane.

– Crois-tu qu'un homme pourrait m'aimer?

– Il te trouvera ravissante.

– Il ne pensera pas que je suis trop jeune? Trop mince?

Viviane secoua la tête, touchée par ces incertitudes adolescentes.

– Il y a quelque chose de magique dans une chair juvénile. Tu t'en rendras bien compte en voyant ces photos.

– Alors, tu crois que je devrais dire oui?

Viviane prit une photo de son visage, merveilleusement expressif. Cette dernière pose clôturait bien la séance.

– Ce serait beau si tu le faisais au moment où tu en as envie. Et catastrophique si ça arrivait quand tu trouves cela idiot.

Jeanne resta silencieuse. Elle pensait à son père, qui l'appelait toujours « sa petite fille », et à sa mère, qui répétait souvent qu'il ne fallait pas « gaspiller » avant l'heure ce qui appartient au mariage.

– C'est donc à moi de décider?

– Exactement. On va se baigner?

Elles avaient apporté leurs maillots. Jeanne hésita, presque désespérée. Comment laisser s'enfuir cet instant lumineux?

– Je voudrais te voir nue, Viviane. Et que tu me dises comment on fait l'amour, quand on veut que ce soit très beau.

La jeune femme rit gentiment. Quand elle était plus jeune, elle aurait bien aimé que quelqu'un puisse lui expliquer ces choses ouvertement, avec tendresse.

– Je veux bien. Il n'y a pas de recettes, tu sais. C'est comme de la musique. L'un joue un air, l'autre le reprend, et on finit par harmoniser les mélodies. Tu t'aperçois très vite que tu as tous les instincts qu'il faut, sans y penser, comme quand tu nages.

Émue, Jeanne compara leurs corps. Pourrait-elle vraiment retrouver chez un homme cette douce beauté sensuelle, ce sourire de la vie?

– Maintenant, raconte-moi les gestes, comme si tu étais avec un homme que tu aimes beaucoup et qui t'aime beaucoup. Tous les gestes. La musique, je la trouverai moi-même.

De toutes les personnes qu'elle connaissait, Viviane était la seule à qui elle pouvait demander cela, et la seule qui saurait lui en parler simplement, affectueusement, dans une complicité ensoleillée. Une heure plus tard, touchée, le cœur dans les yeux, Jeanne la remercia.

– Maintenant, au lac, pendant que le soleil est encore beau!

Brusquement, au moment de franchir la porte, Jeanne serra Viviane contre elle et l'embrassa sur la bouche, rapidement.

– C'est tellement rafraîchissant d'être avec toi! Tu m'obliges à voir clair et cela m'oblige à être libre. Grâce à toi, je sais que je ne sais pas ce que je veux faire. Grâce à toi, je sais que tout est permis, que tout est possible, et que le choix ne dépend que de moi. C'est bon, tout cela! Je crois que je vais te faire une confidence. Viens.

Au bord de l'eau, Jeanne admira le lac étincelant, la fraîche blancheur des bouleaux, la ceinture de sapins à l'horizon.

– Les poèmes que je fais, dit-elle enfin, ne sont que des copies. Le vrai poème, c'est toi.

* * *

Normand, qui divisait facilement les gens en deux camps, les travailleurs et les paresseux, sentait grandir son estime à l'endroit de Viviane. Quand il la voyait bêcher la terre, tailler des tuteurs pour les tomates, arracher la mauvaise herbe autour des carottes, il se prenait à penser qu'il aurait bien voulu avoir une fille comme elle. Diane aimait la ferme. Cependant, elle laissait tous les travaux à François, son mari, et à leurs employés. Comme Léopold, agronome, maintenant fonctionnaire, elle voyait dans la ferme une entreprise plutôt qu'un style de vie. Elle ne parlait pas de la joie de regarder un troupeau de vaches, un champ de luzerne, des sillons bien creusés. Elle parlait de production, de pertes et de profits. Une bête était une machine à faire du lait ou de la viande. Bien sûr, Normand gardait l'œil sur ses comptes. Il y avait néanmoins entre sa ferme et lui une longue histoire d'amour. Il connaissait ses vaches par leur nom, il s'attachait à elles, il éprouvait de la tristesse en les envoyant à l'abattoir quand elles ne donnaient plus de lait, alors que Diane et son mari remplaçaient les leurs dès que leur rentabilité commençait à baisser.

Un jour, en trouvant Viviane en train de réparer avec Hubert une serre désaffectée, il lui dit que, si jamais elle se mariait, il aimerait lui céder deux ou trois cents acres. Il s'occupait de plusieurs terres qui appartenaient encore à Octave. Ce dernier serait heureux de les voir demeurer dans la famille.

— Et pourquoi faudrait-il que je me marie?

— Il faut un homme, pour avoir des enfants! Et tu as encore le temps d'en avoir. À quoi ça sert de vivre, si on ne laisse pas quelque chose à quelqu'un?

Comme souvent, quand il croyait énoncer des vérités absolues, la jeune femme lui présenta d'autres réponses possibles.

– Vivre me suffit. C'est immensément bon. Comment on vit, pourquoi on vit, c'est des détails.

Quand elle parlait de cette façon, Normand se renfrognait, brusquement désorienté. Certes, il aimait se sentir vivant. Ce qui donne sa valeur à la vie, cependant, c'est ce qu'on fait, les enfants, la famille. Viviane semblait vivre dans un autre monde, à un niveau d'abstraction insoutenable. Et pourtant elle n'avait pas l'air de jouer, elle mettait tout son cœur dans ce qu'elle faisait.

Normand savait bien que le monde changeait autour de lui. S'il comparait sa vie présente à ce qu'elle avait été durant sa jeunesse, il lui fallait constater l'effondrement des valeurs traditionnelles, souvent pour de très bonnes raisons. Au moins, on sauvegardait l'essentiel : les liens familiaux, le respect de la propriété, l'importance du succès social et professionnel. Quand ils en parlaient, Viviane se disait d'accord avec lui. Or, elle avait une façon inquiétante de se montrer d'accord avec chacun. Un soir, quand ils s'occupaient de la traite des vaches, il dit à voix haute le plaisir qu'il éprouvait à voir ses bêtes. Léopold mit l'accent sur la performance du système automatique. Hugues, le fils d'Yvette, qui se joignait souvent à eux, s'extasia devant le logiciel qui contrôlait l'alimentation des vaches. Viviane, qui ne voyait vraiment pas le monde comme s'il était partagé entre ceux qui pensent comme nous et les autres qui sont des idiots, trouva que chacun avait raison de voir la même chose à sa manière.

Comment peut-on vivre en croyant que tout le monde a raison? Viviane montrait une dangereuse facilité à accepter toutes les attitudes, toutes les croyances, comme si les unes n'étaient pas meilleures que les autres. À mesure qu'il connaissait mieux sa nièce, Normand, démuni, se demandait si un animal énigmatique et peut-être menaçant ne s'était pas installé chez lui.

* * *

L'été apporta l'arc-en-ciel d'une noce inattendue. Marie-Rose, la fille d'Yvette, découvrit qu'elle était enceinte, malgré le stérilet qu'elle portait depuis un an. À qui pouvait-elle en parler? Ses parents n'approuvaient pas ses relations avec Éric, qui commençait à peine à gagner sa vie comme petit contracteur, et étaient loin de soupçonner qu'ils pouvaient coucher ensemble. Marie-Rose alla voir sa cousine.

– Je ne peux pas te dire ce que tu dois faire, répondit Viviane.

La surprise fut aussi forte que la déception.

– J'avais l'impression que toi, qui as tellement vécu...

– Justement, j'ai vu beaucoup de choses. Si tu veux te faire avorter, c'est bien. Ça ne t'empêchera pas de continuer à aimer Éric et de l'épouser le jour où tu voudras. Si tu veux avoir cet enfant, c'est très beau aussi. Je suis sûre qu'Éric t'aimera toujours. Il n'y a qu'à vous regarder quand vous êtes ensemble! Si tu veux te marier maintenant, c'est parfait. Pourquoi hésiter? Tu seras très heureuse avec lui.

En la quittant, Marie-Rose n'était pas plus avancée, et pourtant elle se sentait radieuse, comme si tout son avenir s'était brusquement éclairci. Quoi qu'elle fasse, elle en tirerait du bonheur. Elle en parla à Éric et ils annoncèrent qu'ils se marieraient trois semaines plus tard, ce qui dans le village constituait un mariage précipité, tout en permettant néanmoins de préparer de belles noces.

À la surprise de tous, Viviane accepta d'aller se faire coiffer, comme toutes les autres femmes, la veille du mariage.

— Voilà donc que sous l'aventurière, sous la grande vagabonde se cachait une femme coquette! la taquina Léopold.

— J'aime la beauté, y compris la mienne. D'ailleurs, toi aussi, tu ferais bien d'aller chez le coiffeur. Et j'espère que tu as un costume net!

Madeleine lui fixa rendez-vous à la fin de la journée. Son assistante lui fit un shampooing puis rentra chez elle, laissant les deux femmes seules.

— De quoi voudrais-tu avoir l'air? Relaxe, grande dame, femme d'affaires, bohème?

— Je porterai une robe neuve, élégante, sans forcer la note.

— Tu as un visage magnifique. N'importe quelle coupe t'irait bien. Je vais te montrer ce que j'ai en tête.

Viviane examina la photo.

— C'est parfait. Je te fais confiance.

Madeleine se mit au travail. Elles bavardaient un peu de tout, de Marie-Rose, du mariage, de la vie au village. Tranquillement, la conversation s'engagea sur des sujets plus personnels.

– Je sais ce que je devrais faire, dit Madeleine. Envoyer tout promener! Oublier qu'Hubert est mon cousin, puisqu'il ne l'est pas vraiment. Il n'y a aucun lien sanguin entre nous. Tout est dans notre tête, et dans celle des gens. Il faut quand même voir les choses en face, si nous décidions de vivre ensemble, ma famille et celle d'Hubert trouveraient cela insupportable, inacceptable.

Depuis qu'elle habitait chez Normand, Viviane s'était fait une bonne idée des membres de sa famille. Hubert prenait bien du temps à se décider, il réfléchissait, il pesait, il soupesait. Ensuite il fonçait, et rien ne pouvait l'arrêter.

Qu'arriverait-il alors? Si Normand apprenait d'un coup que son fils Hubert aimait sa cousine, que son fils Roger s'apprêtait à vivre avec un homme, que sa fille Josette se prostituait et se droguait... Il en serait terrassé. Quant à Raymond, le banquier, habitué à frapper sa femme dès qu'il prenait un verre de trop, il accueillerait la liaison entre sa fille et Hubert comme un crime contre nature et un affront personnel. Et même si Madeleine avait appris à louvoyer avec lui, elle ne réussirait jamais à lui faire accepter une telle entorse à ses convictions.

– Tant de problèmes pour une illusion! commenta Viviane.

– C'est que c'est dans ma tête, à moi aussi. J'envie les gens qui ont l'esprit grand ouvert, comme toi. J'envie aussi ceux qui ont l'esprit absolument fermé, comme mon père, comme Normand, comme presque tout le monde. Ce qui est pénible, c'est d'avoir l'esprit entrouvert.

Quelle phrase admirable, et touchante! Viviane hocha la tête, émerveillée devant autant de lucidité.

– C'est déjà beaucoup, tu sais.

– Avec toi, j'ai l'impression qu'il s'ouvre un peu plus. Non, ce n'est pas cela. Avec toi, je vois plus clair, c'est tout. Et ça ne simplifie pas les choses!

Elle semblait tellement démunie! Ainsi peut-on hésiter longuement avant de bouger une pièce aux échecs, en oubliant que cette partie n'est qu'un jeu et qu'on se tourmente pour bien peu de chose.

– Je crois, au contraire, que tu sais très bien ce que tu veux faire et ce que tu ne veux pas faire. Et c'est toi qui décideras. Tu peux prendre le temps que tu veux sur le tremplin. Et descendre sans sauter, si tu n'as pas envie de sauter.

C'est à ce moment que Madeleine sut qu'elle finirait par plonger. Elle appréhendait déjà les conséquences, tout en commençant à les apprivoiser.

* * *

La présence de Viviane à la messe surprit tout le monde. Elle se levait et s'agenouillait comme les autres, elle suivait les prières, elle alla jusqu'à communier. Brigitte, Hugues, Roger, Gaston, d'autres, qui se rendaient parfois à l'église en famille bien qu'ils rejettent dans leur cœur tout ce qui touchait à la religion, virent dans son comportement une sorte de trahison. La plupart se disaient qu'elle n'était pas si différente des autres et trouvaient réconfortant qu'elle se pliât aux usages. Normand la félicita.

– Je n'ai rien contre les rituels, dit-elle. Regarde, ils ont l'air si beaux!

Elle parlait des nouveaux mariés, émus, radieux, qui vinrent les saluer après la cérémonie. Viviane aimait le bonheur des gens et peu lui importait d'où ils le tiraient. Elle avait connu bien des religions différentes à travers le monde et respectait l'importance que les gens y attachaient. Pourquoi les bousculer dans leurs croyances, s'ils les trouvaient utiles pour les aider à vivre?

– Tu sais quoi? observa Pierre, en l'invitant dans sa voiture. C'est ta transparence qui te rend énigmatique.

Excédée, elle se frappa les genoux. Pourquoi cherchait-on à compliquer ce qui pouvait rester simple?

– Quelle énigme? Je ne cache rien.

– Tu n'y peux rien, Viviane. Il y a en toi une complexité intérieure qui surprendra toujours ceux qui te regardent. Malgré ta clarté, et à cause de ta clarté.

Ils se rendirent chez Yvette et Gérard, les parents de Marie-Rose, qui accueillaient les deux familles en attendant de se retrouver tous dans la salle de bingo que les parents d'Éric avaient réservée pour l'occasion. Il s'agissait de la première grande réunion depuis le retour de Viviane. Elle n'était plus le centre d'attraction, et pourtant on cherchait à s'approcher d'elle, à l'entendre, à la voir, comme si on ne s'était pas vraiment habitué à sa présence et qu'on pouvait encore trouver en elle quelque chose de nouveau, d'important, qu'il ne fallait pas laisser passer.

– Je me demande si on est venus aussi nombreux pour Marie-Rose ou pour toi.

– Ne dis pas de bêtises, Hubert.

– On se sent tellement bien depuis que tu es de retour! Tu es un soleil, tu illumines tout...

– C'est idiot. Je ne suis qu'un miroir. Les gens ne trouvent en moi que ce qu'ils portent déjà en eux.

Édouard, le curé, les rejoignit et étreignit chaleureusement le bras de la jeune femme.

– Merci d'être venue.

Elle lui jeta un regard étonné. Il devait pourtant deviner qu'elle participait sans réticence à des cérémonies religieuses parce qu'elle n'y attachait aucune importance. Il l'invita à prendre un verre de vin. Il avait l'air de quelqu'un qui cherche un tête-à-tête. Elle le suivit.

– Si tu n'étais pas venue, expliqua-t-il, on se serait dit que tu repousses la famille, et ça aurait fait beaucoup de tort.

– C'est ma famille! Où vas-tu chercher cela?

Il la dévisagea de l'œil sévère d'un professeur face à un élève pris en faute qui fait semblant de ne rien comprendre. Elle savait bien de quoi il parlait. Il avait craint qu'elle ne donnât le mauvais exemple, et il voulait lui montrer à quel point il était soulagé. Pourquoi se rebiffait-elle dès qu'il lui témoignait un peu de sympathie?

– C'est tellement important, tu sais, les liens qui nous unissent tous! Ces réunions sont des événements essentiels, qu'il ne faut gâcher à aucun prix.

Elle se retint de hausser les épaules. Parviendrait-il un jour à la voir autrement que comme une ennemie?

– Si ça peut te rassurer, je suis contente d'être ici. Je ne sais pas de quoi tu te méfies. Je ne serai jamais une trouble-fête.

– Je me méfie parfois, oui. C'est parce que je ne comprends pas quel but tu poursuis dans la vie.

Elle secoua la tête, fatiguée de devoir se justifier à chaque fois. Elle n'avait pas de but et n'éprouvait pas le besoin de s'en fabriquer. Édouard ne la croyait pas.

– Nous parlons des langages différents, constata-t-elle. Je ne marche pas d'après un plan, moi. Je ne suis pas un programme. Je ne cherche pas à remplir un moule. On vit parce qu'on est vivant. On veut continuer à exister parce qu'on existe.

– Enfin, on ne peut pas vivre au hasard, selon les caprices des causes et des effets!

– Si tu veux t'inventer un but, c'est ton affaire. Cette invention, ce souhait, ce désir, cela devient une cause, un mobile. Tu agis de telle façon parce que tu t'es donné tel but. Au fond de nous, nous sommes tous pareils, nous agissons de la même façon. Nous employons des mots différents pour décrire une seule réalité. Alors, pourquoi se disputer pour si peu?

Il serra les dents, découragé. Décidément, elle gardait son entêtement irritant qu'il n'avait jamais réussi à ébranler. Il essaya encore une fois.

– Quand tu as un but, ça inspire confiance, on sait où tu vas. Les causes, c'est complexe, c'est inquiétant.

– Tu ne t'es jamais rendu compte que bien des gens partagent un objectif pour des raisons totalement différentes? Si on veut voir clair, il faut fouiller les causes, et ne pas se contenter du simplisme d'un but commun. De toute façon, ces choses-là, ça m'est bien égal.

– Tiens, vous parlez de philosophie? s'écria Pierre. C'est magnifique, c'est ma spécialité.

Ils n'eurent pas le loisir d'approfondir la question. Il était temps de se rendre à la salle de bingo. Les voitures s'alignèrent, les groupes se divisèrent, et on se retrouva bientôt dans le nouveau centre social du village. La salle principale, aménagée pour le banquet, contenait facilement deux cents personnes. Les grandes tables, disposées le long des murs, délimitaient une vaste piste de danse. On prit soin de former des tables mixtes, pour encourager les familles et les amis des deux mariés à manger ensemble et à mieux se connaître.

Viviane se retrouva à côté d'Aline, la plus jeune fille de Pierre. Parmi les quatorze personnes qui l'entouraient, elle n'en connaissait que la moitié, dont sa mère et Octave, le grand-père. Le murmure qui provenait des autres tables lui faisait penser à l'océan, dans sa profondeur et sa puissante indifférence. Solange était bien obligée de tenir compagnie à son père. Viviane remarqua à quel point les deux semblaient mal à l'aise, enfoncés dans d'obscurs secrets qui suintaient d'eux sans qu'ils s'en rendissent compte. Si elle ignorait ce qui pouvait troubler Octave, elle connaissait bien, et depuis son enfance, la blessure intime de sa mère.

Solange n'avait jamais révélé qui était le père de Viviane. Elle ne le savait pas elle-même. Ses souvenirs débutaient par un soir de bruit, de musique et d'alcool, une fête d'adolescents à l'occasion de la fin de l'année scolaire. Ensuite, les images s'estompaient. Elle se laissait entraîner par un groupe, des garçons et des filles, ses meilleurs camarades, aussi ivres qu'elle. Des cris, des rires, l'alcool qu'on buvait au goulot, des attouchements, le gouffre, l'oubli. On l'avait ramenée chez elle, assommée par le vin, la bière, le gin, car elle prenait tout ce qui se trouvait à sa portée, par défi, par inconscience, parce qu'il était plus facile d'accepter un verre que de le refuser.

À la longue, en se réconciliant avec la fille-mère, en voulant l'excuser, on avait conclu à un viol entre adolescents ayant perdu le contrôle d'eux-mêmes.

Solange ne se rappelait pas du tout les événements du sous-sol de l'école où le groupe s'était réfugié à la fin de la soirée. Elle se souvenait seulement de son père, le visage de son père, une ombre parmi les ombres. Cela, après qu'on l'eut ramenée à la maison.

Octave admit qu'il lui avait flanqué une paire de gifles avant de la monter dans sa chambre. Solange avait oublié ce détail. Elle savait seulement que l'unique souvenir qui surnageait de cette soirée, c'était le mal de tête, le visage de son père, cette douleur dans son ventre. Pendant des années, elle avait vu des psychiatres, sans succès, pour se débarrasser de cette pensée obsédante. Les spécialistes trouvaient bien des explications à ses associations d'images, ils lui retournaient son enfance de fond en comble pour l'aider à voir clair dans ses relations avec son père, sans parvenir à faire remonter à la surface le déroulement du viol. Solange ne parlait à personne de ces choses-là, pas même à Étienne, son mari. Viviane avait toutefois surpris la fin d'une conversation entre sa mère et un psychiatre, quand elle était allée la rejoindre après une séance. Elle avait alors douze ans. Elle regagna vite l'antichambre, pour n'être pas prise en flagrant délit d'indiscrétion. Plus tard, elle éprouva parfois l'envie de rassurer sa mère, de lui dire que le passé est toujours une chose morte, aussi immatérielle qu'un rêve, un mauvais rêve. Rien n'a d'importance dans ce qui nous est arrivé ou ne nous est pas arrivé. La vie continue, tout simplement, et il nous appartient de retenir de notre passé ce qui nous plaît. Or, elle savait qu'elles auraient eu, sur ces questions, un dialogue de sourdes.

– Quand grand-père te regarde, il devient triste. As-tu remarqué?

Aline, la fille de Pierre, parlait à voix basse. Viviane répondit qu'elle ne s'en était pas aperçue.

— Vous autres, les adultes, vous ne voyez pas grand-chose.

— Toi, que vois-tu?

— Tante Yvette aussi est triste. Elle fait semblant d'être contente. Oncle Gérard, je ne le comprends jamais. Ta mère a toujours l'air d'être ici par hasard, elle a la tête ailleurs, elle vient par politesse. Papa et maman sont relaxés parce qu'ils ne sont pas assis ensemble. Marie-Rose aimerait être déjà toute seule avec son Éric. Oncle Raymond regarde tout, il se promet de se payer une plus grande noce pour Madeleine ou pour Louise, quand leur tour viendra. Tante Ginette essaie de ne pas se faire remarquer; quand son mari est là, elle se fait toute petite. Elle n'est pas comme Léopold, qui prend toujours trop de place. Il est très bien, malgré tout le bruit qu'il fait. Je crois qu'on ne le verra pas de la soirée, il a disparu avec Martine, et ils semblaient s'entendre trop bien pour revenir trop vite.

Quels commentaires surprenants, dans la bouche d'une enfant de treize ans!

— Édouard surveille tout. On ne sait pas ce qu'il pense. Il est tellement timide! Il ne se sent à l'aise que lorsqu'il joue au curé. André a l'air de quelqu'un qui a perdu de l'argent. Il se dit qu'en se mariant, sa sœur lui échappe. Il s'est toujours senti le gardien de Marie-Rose. Comme on sait qu'elle se marie obligée, il se reproche de ne pas l'avoir assez surveillée. Lucie est heureuse comme tout; quand les gens sont mariés, ils se casent, ils trouvent leur place, on n'a plus à s'en inquiéter. Normand et Mariette raffolent de noces, de baptêmes, d'enterrements. Regarde comme ils ont l'air épanoui! Hubert est d'humeur lugubre, si on gratte la surface. Il se fabrique souvent des soucis, va savoir pourquoi! Toi, tu es incompréhensible, comme d'habitude. Avec ta façon d'être toujours contente, on ne sait jamais ce que tu penses.

– Tu es très perspicace! s'écria Viviane, époustouflée.

Elle songea aussi à son enfance. Quand elle avait l'âge d'Aline, elle aussi elle observait et jugeait le monde. Pourtant, il lui semblait qu'elle y mettait plus de tendresse.

– J'ai le sens critique, c'est tout, dit la fillette.

Elle lisait aussi beaucoup, ce qui expliquait la qualité de son vocabulaire.

– C'est excellent. N'as-tu pas quand même l'impression de laisser certaines choses de côté? La beauté des gens, la douceur de la vie... Une lumière trop vive nous empêche de bien voir.

Aline esquissa une moue. De la beauté, elle en voyait fort peu, sans doute parce qu'elle est bien rare. Elle jugeait les gens rapidement, avec l'assurance de ceux qui ne se trompent pas souvent.

– Plus tard, je serai comme toi, affirma-t-elle. Comme Jeanne. Nous sommes différentes.

– En quoi?

– Je ne sais pas... Oui, je le sais, mais je ne sais pas encore l'expliquer. Quelque chose de sauvage, de propre... Le refus de se laisser prendre au jeu... Une musique que les autres n'ont pas, ou n'ont plus.

Elle sourit, le regard étincelant. Instinctivement, Viviane lui posa la main sur la tête et fit descendre ses doigts le long des cheveux de la gamine, dont les yeux brillèrent comme des agates mouillées.

– Ce n'est pas toujours agréable de voir clair, admit Aline. Comment s'en empêcher? Cela n'enlève rien au plaisir que j'ai avec les gens. D'ailleurs, j'ai déjà appris à garder ces choses pour moi. Toi, je t'en parle parce qu'on peut tout te dire.

Viviane éprouva un besoin violent de protéger cette enfant précoce.

– Tu as bien raison de faire attention. De toute façon, tu es assez intelligente pour sentir ce que les gens supportent et ce qu'ils ne supportent pas. Et tu sais quoi, Aline? Essaie de découvrir parfois la beauté des choses. Tu trouveras cela aussi intéressant.

– Je veux bien, promit la gamine. Pour toi.

Viviane bavarda ensuite avec ses autres voisins de table, tous de la famille d'Éric. On la connaissait un peu, on avait entendu parler d'elle, on voulait qu'elle raconte des anecdotes de ses périples. Viviane fit plutôt dévier la conversation sur leurs voyages à eux, et ils finirent par recouper leurs souvenirs avec entrain, comme si le fait d'en parler à quelqu'un qui avait tout vu, qui avait été partout, apportait une qualité nouvelle à leurs propres expériences.

* * *

Le centre communautaire donnait sur la rivière, très large à cet endroit. On apercevait encore un tumulte de couleurs rouges sur la crête des arbres. Comme d'autres invités sortaient aussi pour prendre un peu d'air frais, Viviane se glissa discrètement parmi les buissons et descendit la falaise jusqu'au bord de l'eau, en quête de quelques minutes de solitude.

Les gens n'étaient plus les mêmes que le jour de son retour, deux mois plus tôt. Elle les connaissait mieux, elle avait vu leurs blessures, leurs peurs, leurs cicatrices. Comme elle comprenait Aline! Les gens sont tellement transparents! Elle avait eu raison de rappeler à l'enfant les beautés qui se cachaient sous les taches et les souillures. Elle sentit un point dans le cœur en songeant que les gens les plus malheureux titubaient si souvent à côté d'un bonheur possible. La vie nous frappe de toutes parts, mais il est plus réconfortant de sourire que de faire la grimace.

Elle trouva Gérard sur la terrasse qui surplombait la rivière, une de ses rares cigarettes à la main. Il contemplait la fin du couchant, et peut-être s'y reconnaissait-il.

– Quand nos enfants se marient, commenta-t-il, ils nous poussent vers la tombe.

Viviane secoua la tête. Quand on voit les choses en noir, ce n'est pas qu'elles le soient, il s'agit souvent de la nuit qu'on porte en soi.

– Le dicton est juste, dit-elle. Et pourtant, ce n'est pas à cause de la vie des autres qu'on prend de l'âge. L'âge, ça fait partie des choses irrémédiables.

– Tous ces grands événements... Ils sont comme les poteaux qui indiquent les kilomètres sur le bord de la route. On a dû te dire que j'étais en train de mourir.

– Nous sommes tous en train de mourir, puisque nous sommes vivants. Il n'y a pas de quoi en faire un drame.

Viviane parlait doucement, sur un ton de simplicité encourageante. Gérard suivit des yeux la fumée de sa cigarette qui se dissipait rapidement dans la brise du soir.

– Moi, ça ira un peu plus vite. Quand je souffre, je me renferme en moi-même. Le reste du temps, je trouve qu'il est très doux de mourir.

– C'est tout un commentaire sur la vie! Il s'agit peut-être d'un commentaire sur ta vie, ta vie à toi, qui ne dépend que de toi.

Gérard hocha la tête et plongea.

– J'ai envie de quitter Yvette. Ce n'est pas facile, après trente ans de mariage. En restant auprès d'elle, j'ai l'impression de ruiner ce qu'il me reste de vie. Si je la quittais, j'en aurais le cœur brisé.

Viviane posa la main sur l'épaule de son oncle. Encore un drame familial qui faisait surface...

– On perd toujours quelque chose, dit-elle. Il s'agit de savoir ce que tu veux.

– J'ai cinquante-cinq ans. Et cinq ou dix ans à vivre, pas davantage. J'ai peur de perdre ces quelques années... Oh, j'aime toujours Yvette, c'est une personne splendide, et j'aime mes enfants, et la vie que je mène. Et puis, je vois Marie-Rose, et Éric, et je me dis que j'aimerais beaucoup être amoureux une dernière fois. Vivre une dernière passion, un dernier remue-ménage du cœur. Faire encore l'amour voracement, si j'en suis capable. Vivre, Viviane, vivre! Cela doit être si beau!...

Le visage défait, il la regarda dans les yeux.

– Qu'est-ce qui t'arrête, sinon toi-même? demanda-t-elle, avec son implacable sérénité.

– Tu ne trouverais pas cela repoussant? Le vieil égoïste qui envoie sa famille au diable pour se payer le luxe d'une dernière fredaine...

Il observa le visage de la jeune femme, sans y lire l'ombre d'un reproche, rien qu'une tranquille acceptation qui pouvait être une complicité.

– Il y a place pour tous les comportements.

– Je sais, je sais! Toi, tu ne juges pas, tu ne condamnes pas, tu ne félicites pas. Tu rappelles que les portes sont ouvertes, tout simplement... Dis-moi ce qui est le mieux : continuer à mener une vie respectable, ou aller vivre à Montréal avec une femme? Car il y a une femme. Trop jeune, trente ans, et pourtant elle voudrait bien qu'on vive ensemble. C'est étrange, je ne lui ai jamais fait l'amour. Nous sympathisons, c'est tout. Comment ça se fait que je te raconte tout cela? Oh, n'importe! Dis-moi, qu'en penses-tu?

Elle serra les lèvres, exaspérée. Son regard demeura calme et amical.

– Je ne dicterai jamais à personne une ligne de conduite. Tu sais ce qu'il y a au fond de toi. C'est à toi d'y mettre de l'ordre et de décider de ta vie.

Ils retournèrent dans la salle de bingo. La musique les enveloppa comme une marée brutale. Jeanne se précipita sur Viviane.

– Je veux la première danse! dit-elle.

En souriant, Viviane se laissa entraîner jusqu'à la piste. C'était déjà une valse. Elle n'hésita pas et prit sa demi-sœur dans ses bras.

– J'ai relu mes poèmes, murmura Jeanne. Je suis déçue. Je croyais parler de toi et je ne parlais que de moi, de l'effet que tu me fais. Toi, tu es insaisissable. C'est comme essayer de décrire la lumière.

– Si tu parles de toi, ce doit être très beau.

– Au moins, mon âme est remplie de reflets de toi.

À la fin du morceau, Jeanne s'arrêta et respira profondément.

– C'est suffisant, j'ai eu ma drogue. Je vais te laisser aux quatre-vingt-douze hommes qui rêvent de t'inviter à danser.

– Je t'en passerai la moitié. Tu es ravissante, ce soir.

Viviane dansa pendant trois heures, en prenant à peine le temps de se reposer. Le mouvement et la musique la transportaient dans un monde superbe de joie physique et de vigueur. Elle se saoulait d'énergie, de dépense nerveuse, à l'aise dans la fébrilité ambiante. Quelques partenaires lui soufflaient parfois des invitations voilées à finir la soirée ailleurs. Elle les remerciait, tendre et rieuse. Elle n'éprouvait pas le besoin de savourer la compagnie de quiconque. Quand on dut vider les lieux, vers deux heures du matin, elle rentra à la ferme et s'endormit paisiblement, comme la plage que la mer a quittée en y laissant des traces de vagues.

* * *

Pierre et Marthe, qui enseignaient tous deux à Montréal, ne s'étaient jamais résignés à vivre dans la métropole ni même au village, qui ressemblait de plus en plus à une ville en miniature. Très sociables, toujours engagés dans des groupements communautaires ou professionnels, ils voulaient à la fois vivre dans la nature et pouvoir recevoir des amis. La maison qu'ils s'étaient fait construire, à vingt minutes du village, donnait sur le lac et leur procurait l'illusion de solitude qui leur convenait.

Viviane, jadis très proche de son oncle, sentait bien qu'il éprouvait des difficultés à s'ouvrir à elle. Il lui témoignait spontanément une grande affection, sans toutefois aborder, comme naguère, les sujets intimes qui lui tenaient à cœur et dont on voyait des traces sur son visage et dans des allusions dont il entrecoupait ses conversations. Viviane ne tenait pas à le brusquer. D'ailleurs, de son côté, elle parlait si peu d'elle-même!

Deux semaines après les noces de Marie-Rose, Pierre et Marthe l'invitèrent à passer la journée chez eux, en famille, à l'exception de leur fille Julie, retenue à Montréal. Ils s'étaient procuré un deuxième canot et se proposaient de remonter la rivière jusqu'à une petite île où l'on pouvait pique-niquer.

Pierre, Brigitte et Gaston prirent le premier canot, plus lourd et moins manœuvrable. Viviane, Marthe et Aline se partageaient le second. Viviane se rappelait les confidences de Gaston et de Brigitte, peu après son retour. Combien de temps avaient duré leurs amours incestueuses? Il fallait sans doute y voir avant tout une exploration mutuelle, une complicité dans une curiosité naturelle. Ils s'entendaient toujours très tendrement, comme si le secret dont ils avaient dû entourer leurs relations avait abouti à un pacte d'entraide. Toujours de connivence, on les montait en épingle comme un modèle de bons rapports entre frère et sœur.

En contemplant les bouleaux, les épinettes, la douce sauvagerie du paysage, en mettant autant de force que de souplesse dans ses coups dc rame, Viviane se disait que nulle part au monde elle n'avait connu de paysage qui ressemblât autant à son âme. Bien des endroits superbes conservaient dans son cœur une place de choix : la présence vibrante de la forêt vierge, le calme émouvant des lagons polynésiens, la sérénité des rizières, la beauté brutale du désert. Durant toute sa vie de voyageuse, elle avait offert aux multiples visages de la terre un accueil enthousiaste.

Étonnée, émerveillée, elle dévorait avec un appétit joyeux le riche spectacle de sa planète vivante. Néanmoins, c'était ici, dans ces régions de lacs, de rivières et de sapins, qu'elle retrouvait le décor le plus apaisant, enraciné dans ses souvenirs d'enfance.

— Quand je me marierai, je crois que j'aurai beaucoup d'amants, déclara Aline.

Ces propos saugrenus ramenèrent Viviane à la réalité. Elle jeta un coup d'œil sur le visage soudain crispé de Marthe.

— Aline est souvent comme ça, expliqua sa mère, indulgente et résignée. Au fond, je préfère qu'elle dise tout ce qui lui passe par la tête. Alors, Aline, quel film as-tu vu, récemment?

Elle essayait, spontanément, de désamorcer le commentaire inattendu de sa fille.

— J'ai commencé un roman de Colette. Mais je pense parfois à la façon dont j'aimerais vivre. Je connais déjà trop de garçons pour imaginer que je n'en aimerai qu'un seul.

— Tu as treize ans, Aline. Tu as bien le temps de changer d'avis.

— Et aussi le temps qu'il faut pour ne pas changer d'avis.

Devant cette répartie, Viviane éclata de rire, gentiment. Marthe haussa les épaules, comme s'il n'y avait nul besoin de poursuivre une conversation qu'on ne saurait prendre au sérieux. L'enfant insista.

— Toi, maman, évidemment, tu ne me diras rien. Je ne sais pas pourquoi, d'ailleurs. Mais toi, Viviane, les fois où tu vivais avec un homme, est-ce que tu en voyais d'autres?

— Tu n'as vraiment pas besoin de répondre, Viviane, s'exclama Marthe, excédée par l'impertinence de sa fille.

Viviane continuait de ramer, songeuse. Les questions de la fillette lui semblaient fort légitimes. Toutefois, elle ne tenait pas à s'interposer entre elle et sa mère. Sous la pression de son regard, Marthe se décida à dire quelque chose.

— Quand tu seras grande, Aline, tu comprendras mieux. Je peux te répondre une chose. Compte tenu de tout ce que tu lis et de tout ce que tu vois, ce n'est pas un mystère. Il arrive qu'une femme ait des amants. Elle finit toujours par se le reprocher, ce qui montre que ce n'est pas un comportement normal. Les circonstances peuvent nous pousser à bien des gestes. L'essentiel, c'est de ne pas s'engager dans le mariage en décidant d'avance qu'on dira oui à d'autres hommes.

Au nuage qui traversa ses yeux, Viviane devina que Marthe venait de parler d'expérience. Elle trouva surtout triste de constater encore une fois combien on peut se rendre malheureux en ne se réconciliant pas au fur et à mesure avec ses propres actes.

— Toi, Viviane, qu'en penses-tu? demanda Aline.

— Il m'est arrivé de vivre avec quelqu'un et de connaître d'autres partenaires. Des fois, mon compagnon le savait; d'autres fois, il l'ignorait, et je n'avais aucune raison de le lui dire. Quand on aime un homme, les autres existent peut-être un peu moins.

— Et tu trouvais cela normal?

Viviane voyait tellement clair au fond d'Aline qu'elle comprit tout de suite que l'enfant avait surpris sa mère avec d'autres hommes.

– Oui, répondit-elle. Et je trouve aussi normal que d'autres gens préfèrent ne connaître qu'un partenaire. Je ne pense pas qu'un comportement soit meilleur qu'un autre. Il s'agit de suivre son cœur.

– Je ne suis pas d'accord! lança Marthe. Aimer son conjoint, et n'aimer que lui, c'est ça, la règle. Coucher avec d'autres, c'est une entorse à la règle. Compréhensible, souvent excusable, en tout cas une déviation, une chose à éviter.

– La vraie vie ne s'occupe pas de ces règles, dit Viviane, avec son sourire nonchalant. Ce sont des inventions. On peut respecter les illusions, sans toutefois s'y laisser prendre. Si le cœur est calme, tout est bien. Après tout, Marthe, quand on a soixante-quinze ans et qu'on songe aux amants qu'on a pu avoir, on sait bien que cela n'a pas laissé plus de marque qu'un été splendide ou un hiver très froid. Pourquoi donnerait-on à ces choses, quand elles arrivent, une importance qu'on leur retirera plus tard?

Marthe sentit que ces propos s'adressaient directement à elle. Étrangement, à mesure qu'elle y songeait, elle éprouvait une profonde sérénité.

– J'ai connu un couple, au Rwanda, raconta Viviane. C'était un petit monde, là-bas, un groupe de coopérants et d'expatriés. Ce couple s'adonnait parfois à l'échangisme, surtout quand l'homme trouvait à son goût la femme d'un autre. Une fois, sa femme a eu une liaison avec un homme seul, et son mari y a vu une trahison.

Aline ouvrit la bouche, comme pour dire quelque chose, puis se ravisa. Marthe souligna que dans ce cas, la femme avait enfreint la règle. Pas celle du mariage, mais celle de l'échangisme.

— Que les gens s'accrochent à des règles ne rend pas ces règles moins artificielles, répliqua Viviane. C'était un couple intéressant, des gens très agréables. Lui, quand il avait envie d'une autre femme, il choisissait parfois des Africaines. Il en avait toujours cinq ou six sous la main. Il leur faisait des cadeaux et elles l'aimaient bien. Un jour, sa femme a couché avec un Africain. Là encore, il en a fait tout un drame. Je ne sais pas au juste quelle règle elle avait enfreint cette fois-là.

— Il s'agissait peut-être d'un racisme instinctif, suggéra Marthe. Je trouve ton type plutôt minable. Enfin, le tout me paraît de bas étage. Un homme qui paie une femme pour faire l'amour est aussi méprisable que la femme qui accepte de l'argent ou des cadeaux en échange de ses caresses.

— Je ne le pense pas, dit Viviane, doucement. La présence de l'argent autour de l'amour me semble une chose bien mineure.

— Ce n'est pas de l'amour! C'est uniquement le sexe.

— Si tu veux, admit Viviane, conciliante. L'un est aussi estimable que l'autre.

— Pas du tout! protesta Marthe. L'amour fait appel à la richesse des valeurs spirituelles. Le sexe, ce n'est rien.

— Puisque ce n'est rien, suggéra Viviane, ne nous en occupons pas et laissons les gens coucher ensemble comme ils veulent sans en faire une histoire.

Marthe trépignait intérieurement, prise dans les filets tressés par Viviane et sa diabolique générosité. Elle n'eut pas le temps de chercher de nouveaux arguments. Ils abordèrent dans l'île, deux minutes après l'autre canot. Gaston les aida à remonter le leur sur la rive. Il les taquina sur leur conversation très animée, dont malheureusement il n'avait entendu que le bruit et les intonations des voix.

– Nous avons eu une conversation de femmes, expliqua Aline. Mais les hommes n'en sauront rien.

Viviane reconnut une citation de Pierre Louÿs et se dit que cette enfant, cette préadolescente avait vraiment d'excellentes lectures. Avec sa lucidité, elle pouvait tout lire et se préparer à la vie à sa façon. Aline lui réservait une autre surprise. La gamine la regarda, attentivement, et dit :

– Parmi toutes mes lectures répréhensibles et pas de mon âge, comme dit maman, j'ai aussi lu les quatre Évangiles.

– Ce sont des livres intéressants, et importants.

– Justement, tu m'as fait penser à Jésus, tout à l'heure.

Viviane se rappela l'instant où Aline avait failli parler et s'était tue.

– Quand on fait appel à Jésus pour un conseil, dit l'enfant, il est presque toujours évasif. Il répond en racontant une histoire, et parfois on s'arrache les cheveux pour savoir où il veut en venir. Toi, tu fais la même chose. Tu parles de gens que tu as rencontrés. C'est une réponse qu'il faut découvrir, ou inventer.

Troublée, Viviane ne réagit pas. Finalement, elle sourit.

– J'espère au moins que je ne finirai pas comme lui.

– Je l'espère aussi, dit Aline, gravement.

Les autres écoutaient cet échange rare, embarrassés.

– Bon, ça suffit, Aline, dit sa mère. Tu devrais vraiment réfléchir avant de parler.

– C'est ce que je fais, rappela l'enfant. Seulement, moi, je réfléchis vite.

Pierre ne s'était pas contenté d'apporter des sandwiches. Gaston sortit le gril de barbecue et prépara le charbon, tandis que Brigitte et Marthe distribuaient des bols de biscuits, d'huîtres fumées et de morceaux de fromage. Pierre déboucha une première bouteille et on s'installa sur une grande toile de plastique étendue sur l'herbe.

On parla de Diane, qui s'attendait à accoucher dans moins de trois mois.

– Une autre nièce, ou un autre neveu! s'exclama Aline. On ne s'arrête jamais, dans cette famille. Dire que j'avais onze ans quand je me suis retrouvée tante pour la première fois! Après, on s'étonne que je sois précoce!

Viviane rit aux éclats. Qu'elle aimait cette enfant!

– Il faut se mettre à vivre le plus tôt possible, opina Brigitte. Dans les grandes familles, ceux qui se mettent à table les premiers et qui mangent plus vite que les autres sont toujours les mieux nourris.

– Et ceux qui vont à l'eau quand il fait encore beau sont les seuls à profiter du soleil, enchaîna Gaston.

Une minute plus tard, ils sautaient tous les trois dans la rivière, laissant à Viviane et à leurs parents le soin de s'occuper du repas.

– C'est magnifique, la jeunesse, commenta Viviane, en les contemplant avec admiration.

Pierre observa ses enfants, sans réussir à dissimuler un certain trouble que Viviane ne manqua pas de remarquer.

– Cela ne me déplairait pas, d'avoir de nouveau leur âge, soupira Marthe. Et qu'on ne me parle pas de l'éternelle jeunesse du cœur! Ni de cette innocence qui est de l'ignorance. J'avoue que je suis très sensible à la fraîcheur physique de la jeunesse. Sans doute parce qu'ayant quarante-six ans, c'est ce qui m'échappe, ce que je suis en train de perdre, inévitablement.

– Prends donc un jeune amant, proposa Pierre, en badinant.

Viviane crut remarquer une nuance acerbe dans son commentaire.

– Ça ne changerait rien à mon âge à moi. Les remontants ne remplacent pas la santé. Et les jeunes gens me semblent insupportables. Je ne me vois pas en amour avec mes élèves. Dans le cas des hommes, c'est peut-être différent.

Là aussi, Viviane décela le ton des coups en bas de la ceinture.

– Ce serait contraire à l'éthique. J'ai toujours fait attention à ne pas nourrir des pensées de ce côté-là, dit Pierre.

– Si c'était le cas, remarqua Marthe, tu ne serais pas toujours sur la défensive dès qu'il y a une jeune fille autour.

– Justement, je suis sur la défensive. Et je me défends bien! Une autre façon de se sentir jeune, je suppose, c'est de fréquenter des gens plus âgés que soi.

Marthe accusa le coup, d'une grimace fugace. C'était la première fois que Pierre laissait entendre qu'il était au courant. C'était aussi la première fois depuis bien longtemps qu'ils abordaient, même de biais, des questions personnelles. Et Aline, tout à l'heure... Elle dévisagea Viviane avec curiosité. Qu'y avait-il en elle qui leur arrachait à tous les aveux les plus secrets? Confusément, elle sentit que cette femme était dangereuse. On ne peut plus vivre en paix, de façon civilisée, si on étale sa vie sur la place publique.

Et pourtant, la présence de Viviane lui apportait un calme profond, beaucoup plus profond que le pardon, une approbation totale et sincère de tout ce qu'elle faisait. Troublée, elle suggéra qu'il était temps de mettre les steaks sur la braise. Pierre s'en chargea aussitôt. Tout serait prêt dans quinze minutes. Marthe décida de se joindre aux enfants pour faire un tour dans l'eau. Pierre la contempla d'un air étrangement mélancolique lorsqu'elle s'éloigna, déjà en maillot de bain.

— Une femme mûre n'est pas une jeune femme, et une jeune femme n'est pas une adolescente, murmura-t-il. Ce sont des espèces différentes.

— Et tu préfères les adolescentes. Pourquoi pas? Il y a quelque chose de magique à cet âge...

Une crispation douloureuse rida le visage de Pierre.

— Je ne fais presque plus l'amour avec Marthe, avoua-t-il. Une ou deux fois par mois, et surtout pour me débarrasser de quelques rêves obsédants. Pour me prouver que je suis normal. Je l'aime pourtant, je ne voudrais pas vivre sans elle. L'élégance qu'elle met dans tout, sa sensibilité, sa tranquillité... Les choses de la sexualité obéissent à des pulsions différentes.

— Il faut choyer ses rêves. S'ils nous obsèdent, c'est parce qu'ils nous conviennent. Tu es bizarre, Pierre.

Il respira profondément. Il avait attendu si longtemps l'occasion de se livrer!

– Quand j'ai épousé Marthe, Julie avait déjà cinq ans. Tu l'as connue, à cette époque. Je la regardais grandir, dix ans, douze ans, quinze ans. J'en étais immensément amoureux. Elle n'était pas ma fille par le sang, mais cet élan me semblait incestueux, repoussant. Je ne l'ai jamais touchée. Je sais me contrôler. En revanche, le désir me remplissait comme l'eau du torrent nourrit le lac. Un désir absurde, sans limites, toujours intérieur. Toute la force et la richesse des rêves charnels... Ensuite, nos filles. Brigitte, puis Aline. Quelle malédiction, que de convoiter des adolescentes, et dans sa propre famille! Mais j'ai toujours été irréprochable. C'était une blessure intime, rien que pour moi. Je suis un monstre, n'est-ce pas?

Il faisait un effort visible pour la regarder en face. Elle en éprouva beaucoup de peine. Encore un qui faisait son propre malheur, avec acharnement, pour des raisons illusoires.

– Je ne crois pas, dit Viviane. Au Laos, en Thaïlande, on m'a souvent raconté que les vieux Chinois préféraient toujours les filles de treize ans, belles comme l'aube, le fruit encore un peu acide, la splendeur de la vie qui commence doucement à s'afficher. Tu n'es surtout pas anormal, Pierre!

– Des fruits que je n'ai jamais croqués, auxquels je ne toucherai jamais...

– Au moins, ils ont été là, comme des rêves... C'est beau, le désir, même si pour une raison ou une autre on juge préférable de ne pas le rassasier.

– Et si je cherchais à aller jusqu'au bout?

Marthe et les autres sortaient déjà de l'eau. Viviane regretta de devoir se presser. Quand quelqu'un met son cœur à vif, comme Pierre, il est désolant de brusquer les choses.

– Ce que tu cherches, c'est une fillette consentante. Tu n'en trouveras sans doute pas. Et tu ne pourrais pas forcer quelqu'un, tu es incapable de bassesse et ça te répugnerait. Dans la vie, il y a des dizaines et des centaines de rêves qu'on laisse de côté. Ils font ce que nous sommes.

– Il n'y a pas de solution, n'est-ce pas?

– Non. On passe sa vie à aimer des gens qui ne nous aiment pas et à être désirés de gens que nous ne désirons pas.

– Et alors, qu'est-ce qu'on fait?

Le sourire tendre et doux de Viviane, parfumé de nostalgie, apportait une réponse suffisante. Et ce sourire contenait tellement d'amour de la vie que Pierre eut l'impression de recevoir sur son cœur un baume pénétrant.

* * *

Quand Josette et son père restaient trop longtemps ensemble, ils finissaient invariablement par se disputer. Comme Pierre, chez qui Josette restait souvent, recevait des amis, Viviane lui suggéra de passer la fin de semaine ensemble au chalet. Normand grogna et maugréa, comme si on le rendait responsable de ses accrochages avec sa fille. Mariette les encouragea, on utilisait si peu le chalet, depuis qu'on avait décidé d'en construire un autre! Il fallait en profiter avant qu'on le détruise.

Viviane saisit l'occasion pour inviter Normand et sa famille à un grand repas au bord du lac. Elle et Josette s'occupèrent de tout, en se servant du vieux poêle et de la vaisselle dépareillée qui traînait dans les armoires. Tous les enfants de Normand et de Mariette étaient là : Hubert et Madeleine, comme des fiancés; Diane et François et leurs trois petits; Léopold et son amie Martine, ainsi que Roger et, bien sûr, Josette. Normand jubilait, comme chaque fois que sa tribu entière se rassemblait autour de lui.

Hubert et Léopold harcelèrent leur père au sujet du nouveau chalet, dont on avait déjà coulé les fondations.

— J'ai tellement de travail à la ferme!

— Passe le contrat à Éric. Il fait déjà partie de la famille.

Normand haussa les épaules. Si on bâtissait le chalet, le plus vieux resterait définitivement inoccupé et tomberait bientôt en ruine. Et c'était le chalet qu'Octave avait construit, le chalet dans lequel Normand avait joué, et ses enfants après lui.

— Je sais, je sais... L'été prochain, peut-être...

— Avoue-le, que tu préférerais le garder, comme des vieilles chaussures.

— On pourrait transformer celui-ci en musée de famille, puisque tu y tiens tellement, suggéra Léopold. Chacun a gardé des vieux jouets, une mèche de cheveux, des photos. On les mettra dans des vitrines, et on placera dessous des étiquettes... On fera payer un droit d'entrée pour financer l'entretien! On lancera une campagne de publicité aux États-Unis, au Japon, en Allemagne! On en fera un haut-lieu touristique, célèbre à travers le monde!

— Il serait quand même prudent de boucher le trou. Un jour, quelqu'un y tombera et se brisera la jambe.

Hubert faisait allusion au trou que Normand avait commencé à creuser pour la fosse septique. Les inspecteurs municipaux l'avaient mis en garde, le champ d'épuration se trouvait trop près du lac et on lui refuserait le permis pour l'aménager. Le problème n'était pas insurmontable. Toutefois, à force d'y réfléchir, Normand avait décidé de bâtir un nouveau chalet plus loin, mais tellement à contrecœur qu'il s'était arrêté aux fondations.

On passa à table. Morose, Normand pensait encore à la destruction du chalet. Pourquoi faut-il que le monde change, et devienne plus désagréable en changeant? Jadis, il rêvait de construire cinq chalets au bord du lac, un pour chacun de ses enfants. Il possédait tout le terrain entre la propriété du vieil Ernest et la rivière, et l'argent ne lui manquait pas. Ses enfants, en grandissant, avaient malheureusement perdu tout intérêt pour son projet. Le vieux chalet leur suffisait, quand ils venaient se baigner. S'il en bâtissait un autre, est-ce que ses enfants y viendraient plus souvent?

Il se laissa peu à peu gagner par l'exubérance ambiante. On parlait de prévisions économiques, de programmes de télévision, du système scolaire, des prochaines élections, de fours à micro-ondes, on évoquait des souvenirs anciens ou récents, on discutait des uns et des autres, et Normand trouvait que ce bruit, ce mouvement de vague de la conversation familiale constituait la plus belle musique au monde. Viviane avait vraiment eu une excellente idée!

Léopold se fit le porte-parole de tous en la remerciant. Il fit ensuite semblant de réfléchir, et annonça:

– Maintenant, je vais vous révéler un grand secret. J'ai écouté, j'ai médité, j'ai décidé qu'il était temps de nous offrir une autre fête de famille. J'ai pensé à un mariage, encore une fois, puisque j'ai manqué celui de Marie-Rose.

— On sait pourquoi! le taquina Hubert.

Léopold, l'air gouailleur, caressa les cheveux de Martine.

— L'amour a des raisons que la raison comprend, déclara-t-il. Retournons au mariage. J'ai cherché des volontaires, et j'en ai trouvé.

Il savoura autant le silence des autres que son verre de vin.

— Je propose Josette. Depuis le temps qu'elle fait son enquête auprès de la gent masculine, elle a sans doute déniché le prince charmant qu'elle persiste à nous cacher.

— Je passe la main, dit l'intéressée.

— Dommage! Hubert? Tu ne vas pas passer toute ta vie à sortir avec ta cousine! Elle est charmante et généreuse, cependant il faut bien que vous vous lanciez enfin dans la vraie vie, chacun de votre côté. Bon, je vois à ton air que je te prends à rebrousse-poil. Soit! Vu que les plus vieux se font tirer l'oreille, on demandera à Roger de montrer l'exemple à ses aînés. On lui fera rencontrer quelques femmes, pour l'habituer. Oh, ça n'a pas l'air de l'enthousiasmer. Tant pis, j'ai encore des candidats en réserve. Sonnez, trompettes et carillons! Viviane accepte de se marier!

Les uns et les autres se regardèrent, incrédules.

— Je veux bien, confirma Viviane, amusée, mais va-t-on enfin me présenter l'élu?

— Je n'avais pas pensé à cela! s'exclama Léopold, déconfit. Comment faire amende honorable? Je l'ai, en me sacrifiant! Je vous annonce donc mes fiançailles avec Martine, que nous célébrerons formellement dans un mois, suivies de noces à Noël, à Pâques ou à la Trinité, mais plutôt vers Noël.

Il leva son verre. Passé la surprise, on applaudit et on but à sa santé et à celle de Martine. Émue, Mariette embrassa son fils et sa future bru. Martine, qui venait elle-même d'une famille nombreuse, se sentait à l'aise dans celle de Léopold. Elle répondit allégrement aux taquineries dont elle fit l'objet le reste de la soirée. Se mariait-elle «obligée»? Bien sûr, puisqu'elle était amoureuse. Pourquoi Léopold? Parce qu'avec lui, on n'avait jamais besoin de télévision, il était un spectacle continuel. Mais ils se connaissaient depuis si peu de temps! Quand on épouse quelqu'un, dit-elle, il est plus prudent de ne pas trop le connaître et, surtout, ne pas lui laisser le temps de nous connaître.

Le chalet se vida aussitôt la vaisselle faite. Josette et Viviane se retrouvèrent seules, dans le grand silence qui suit la fin de l'ouragan.

– C'est tellement bizarre, une famille! dit Josette, en allumant une cigarette. Je les aime tous. Pourtant, quand ils sont là, je me sens écrasée. Pourquoi doit-on vivre toujours à couteaux tirés avec ceux qu'on aime?

– La famille, c'est aussi un groupe, et les groupes ne sont pas très doux.

– Même Léopold, qui est si bon! Dès qu'il joue son rôle, il est tellement cruel! Est-ce que ça le regarde, les hommes que je fréquente? Pourquoi s'acharne-t-il sur Hubert et Madeleine? Ils le savent assez bien, qu'ils ne pourront jamais se marier! Et ce pauvre Roger! S'il n'aime pas les femmes, c'est son choix, tu ne trouves pas?

Elle n'attendait pas de réponse. Comme une bête piégée, elle tournait en rond dans ses pensées.

– C'est vrai, que je connais beaucoup d'hommes, murmura-t-elle. Je ne suis jamais très à l'aise avec eux. Faire l'amour, c'est une façon de les neutraliser. Je suis très craintive, tu sais. Je préfère la compagnie des femmes. Ça me semble moins menaçant. Pourtant, je ne suis pas lesbienne.

Viviane la regarda, intriguée.

– Si tu l'étais, ça changerait quoi?

– Je voulais te dire une chose, de toutes les personnes que je connais, je crois que tu es la seule à savoir aimer.

Le faux silence de la nuit les entourait, on percevait des bruits d'insectes et de rongeurs, des branches qui grinçaient les unes contre les autres, et parfois le moteur d'un camion dans le lointain.

– Tu exagères, dit Viviane. Presque tout le monde aime quelqu'un.

– Oui, mais toujours pour une raison. Parce qu'on fait l'amour, parce qu'on vit ensemble, parce qu'on partage des sentiments, des intérêts. Toi, tu aimes de source, sans raison. Et parfois contre la raison. Dis, ça te dérangerait, si je dormais dans ton lit? Je ne bougerai pas, je ne te dérangerai pas. J'ai besoin d'une présence, de ta présence, tout près de moi.

Quand elles furent couchées, les lumières éteintes, Viviane embrassa la jeune femme sur la joue et s'apprêta à s'endormir.

– Je voulais aussi te dire une chose que je ne pouvais te dire que dans la nuit. Tu t'en es rendu compte, ou on a dû te le dire, que je ne suis pas secrétaire ni rien de cela.

Elle parlait lentement, comme si elle avait depuis longtemps préparé ses confidences, et Viviane y retrouvait la gêne des gens mal à l'aise dans leur vie, traqués dans leurs habitudes, et qui se battent encore contre des fantômes secrets.

– Tu es Josette. Le reste, c'est du détail.

– Ce n'est pas parce que je me prostitue que je suis triste. Je le fais parce que je suis triste. Je ne le fais même pas pour l'argent, mais pour combattre la tristesse. Prendre des hommes, et ce sont souvent de pauvres types, des esseulés, des frustrés, et les faire jouir. Ce n'est pas toujours facile, tu sais. Quand je parviens à leur apporter quelques minutes de plaisir, je me dis que c'est au moins ça de gagné. Ça n'enlève pas la tristesse, ça la fait reculer. Je voulais te demander ce que tu en penses.

Viviane lui caressa l'épaule, affectueusement.

– Pourquoi voudrais-tu que j'en pense quoi que ce soit? Chacun fabrique sa vie. Ce que tu fais de la tienne ne regarde que toi. Et tu as raison, c'est beau, apporter du bonheur. Les circonstances n'ont pas beaucoup d'importance. Si c'est ce que tu choisis, c'est bien.

– Et la drogue?

– Si c'est ce que tu choisis, c'est bien, répéta Viviane.

Josette se revit dans son appartement, avec ses relations de call-girl, ses clients aux désirs inquiétants, malgré son expérience, ses fournisseurs de cocaïne, souvent sordides. Elle pensa que son existence pouvait devenir lumineuse, en gardant les mêmes ingrédients, les mêmes gestes, si elle y jetait un regard nouveau.

– Toi, tu n'es jamais triste?

Viviane lui donna une réponse surprenante :

– Je suis toujours triste, Josette. On ne peut pas regarder les gens sans être triste. Par contre, c'est comme un tableau sur lequel tu trouves beaucoup de couleurs. La tristesse ne m'empêche pas d'être heureuse. Il y a une grande joie à vivre, qui cohabite très bien avec la tristesse et tous les autres sentiments.

– J'aimerais connaître ta paix, dit Josette.

En fermant les yeux, en s'abandonnant au mystère quotidien du sommeil, elle connut dans un sourire cette paix qu'elle demandait.

* * *

Octave aurait voulu s'entretenir longuement avec Viviane. Pourtant, il ne se décidait pas à favoriser un tête-à-tête. Chaque fois qu'il la voyait, en compagnie de la famille, il hésitait, il évitait de l'aborder. Il parlait souvent d'elle, il la suivait de loin, il tenait à savoir ce qu'elle faisait, ce qu'elle disait. La jeune femme le troublait. Elle portait en elle une partie importante de son passé, elle évoquait des secrets intimes qui le blessaient encore à son âge avancé.

Il finit par l'inviter à souper, en compagnie de Raymond et de Ginette. Ce n'était pas par hasard qu'il avait choisi son fils aîné. Viviane était sa première petite-fille, et il aurait ainsi à sa table les premiers-nés de deux générations de sa longue descendance.

Germaine accueillit chaleureusement Viviane, qui emprunta, comme d'habitude, la voiture de Mariette. Octave avait fait construire sa maison sur le haut de la colline. De la terrasse, on apercevait clairement la ferme de Normand, qui avait été celle d'Octave et celle de son père. En se résignant à la céder à son fils, Octave s'était arrangé pour la garder sous les yeux. L'idée d'employer une longue-vue ne lui serait pas passée par la tête. Néanmoins, on avait souvent l'impression que le patriarche, depuis son nid d'aigle, continuait à surveiller et à protéger son domaine.

– Au temps de mon grand-père, raconta Octave, nous possédions la moitié de tout ce que tu vois d'ici. Il y avait beaucoup d'enfants, les filles se mariaient dans d'autres familles, il fallait partager les terres. Dans les temps durs, on devait parfois vendre aux étrangers.

Viviane lui rappela que Léopold parlait parfois d'écrire l'histoire de la famille, qui recoupait en grande partie celle du village.

– Il y a beaucoup à dire, et nous sommes encore plusieurs à pouvoir lui raconter comment cela se passait. Je crois que c'est la fin. À part ta mère et Édouard, tous mes enfants vivent ici. Par contre, la moitié de leurs enfants à eux ont déménagé à Montréal, à Québec, ailleurs. Quels sont tes projets?

– Montréal, moi aussi. Je commence à travailler dans un mois. J'ai déjà retenu un appartement. C'était tellement gentil à Normand de me donner l'occasion de passer tout l'été ici!

– C'est chez toi, dit Octave, simplement. Un jour, je mourrai, et tu pourras avoir cette maison.

Infiniment touchée, Viviane crut avoir mal entendu. Mais non, Germaine lui souriait comme si son mari lui en avait déjà parlé. En y réfléchissant, elle se rendit compte qu'en effet, Octave ne léguerait pas sa maison à l'un de ses enfants, qui avaient tous la leur. Il aurait toutefois pu penser à d'autres de ses petits-enfants.

– Quand tu es née, poursuivit Octave, j'ai réagi comme on réagissait à cette époque. On ne gardait pas une fille-mère chez soi. Pourtant, quand j'ai renvoyé Solange à Montréal, je le regrettais déjà. J'ai vite essayé de tout réparer. Je n'ai pas accepté qu'on te donne en adoption. J'ai voulu que tu sois chez toi dans la famille. Je crois que c'est fait.

Quels mots trouverait-elle pour lui expliquer que tout était fini, qu'il pouvait déposer les armes et accepter la paix que le temps apportait?

– Vous n'avez rien à vous reprocher, grand-père. La vie a toujours des creux et des bosses. On ne fait pas continuellement ce qu'on veut et on s'associe souvent à des gestes qu'on réprouve. Comment faire autrement? Il n'est pas toujours facile de lutter contre les circonstances. Le passé reste accroché à nous, bien sûr, avec nos erreurs et les injustices que nous avons pu commettre, et que nous pouvons parfois réparer. Mais il n'est plus là! Ce qui est là, c'est vous, c'est moi, et je vous aime beaucoup.

L'arrivée de Raymond et de Ginette interrompit leur conversation. Les propos de Viviane avaient confirmé quelques-unes des appréhensions d'Octave. En offrant sa maison à la jeune femme, il se réconciliait avec ses remords. Il ouvrait également la porte à une personne qui lui était profondément étrangère, comme on recueille un chien errant qui s'avère être un loup. Il éprouva cette sensation pénible de façon aiguë au cours du repas. Germaine, comme d'habitude, ne parlait presque pas, enfoncée dans une sorte de béatitude intérieure dont elle ne sortait que pour accomplir des tâches ménagères ou savourer doucement la compagnie de ses enfants et de leurs enfants. Toujours lucide, elle réagissait souvent à retardement. Tout en elle reflétait le profond amour qu'elle portait aux siens. Octave trouvait la sénilité de sa compagne très reposante. Ginette non plus ne parlait pas beaucoup. Elle était l'ombre de Raymond et ne prenait vraiment vie que lorsque ses enfants étaient en cause. La conversation reposait donc sur Octave, Raymond et Viviane, et bien des remarques de la jeune femme faisaient sursauter son oncle et son grand-père. Elle parlait leur langage avec une grammaire différente, dans laquelle les convictions les plus évidentes s'effritaient, grugées par une tolérance difficile à accepter.

– Ce qui m'inquiète le plus, dit Raymond, c'est Madeleine. Elle a toujours été très attachée à son cousin Hubert. Depuis deux mois, ils ne se quittent plus. Si je lui interdisais de le voir, elle le rencontrerait en cachette. Comment faire pour les séparer, avant qu'il ne soit trop tard?

– Pourquoi les séparer? demanda la jeune femme.

– Ils sont cousins, qu'ils le veuillent ou non! Je ne veux pas d'inceste dans la famille.

Viviane remarqua une rigidité soudaine sur le visage d'Octave.

– Tu as raison, approuva le vieil homme. Il est dangereux pour eux de rester ensemble. J'en parlerai à Normand. Il est temps que son fils vole de ses propres ailes. Et il n'y a aucune raison pour qu'il s'établisse au village.

Elle trouva cela étrange. Octave n'était pas homme à encourager des membres de la famille à s'éloigner.

– Il n'y a aucune possibilité d'inceste entre les deux, observa-t-elle.

– Madeleine est ma fille, un point c'est tout, s'exclama Raymond. Je n'accepte pas de revenir là-dessus.

Viviane dévisagea son oncle avec une douceur attristée. En adoptant Madeleine, il lui avait donné une famille dans laquelle Hubert était son cousin. L'amour des deux jeunes gens lui semblait alors une insulte monstrueuse. En lui disant carrément que ces liens familiaux ne comptaient pour rien, Madeleine détruisait tout ce qu'il avait fait pour elle et elle le rejetait lui-même.

Raymond chercha aussitôt à réparer sa brusquerie.

– Moi aussi, j'ai voyagé, j'ai vécu dans d'autres pays. Tu sais que j'ai les idées larges. Toutefois, il y a des frontières à ne pas transgresser. Les pays qui fonctionnent sont toujours ceux où l'on respecte l'ordre établi.

– Et les pays qui craquent sont ceux où l'on veut imposer le respect d'un désordre établi.

Raymond serra le poing. De telles remarques, lancées dans l'inconscience de la bonne foi, ouvraient la porte à toutes les subversions et à leurs conséquences catastrophiques.

– Quel désordre? grogna-t-il.

– Empêcher les gens de faire ce qu'ils veulent, quand ça ne devrait déranger personne, répondit la jeune femme, d'un ton calme et affectueux.

Octave jugea bon d'intervenir.

– Tu sais, Viviane... Les gens parlent, et je devine le reste. Tu es une personne très bien. On ne peut pas te reprocher quoi que ce soit. Par contre, c'est vrai que tu es en train de tout bouleverser.

– Moi? Je ne comprends pas.

– Tu es infiniment compréhensive. Tu justifies tout. Et, en excusant tout, tu justifies le mal comme le bien. Or, ils existent, et ils sont différents l'un de l'autre.

– C'est ce que j'entends, moi aussi, ajouta Raymond. Les gens te parlent, Viviane, et tu leur donnes l'impression qu'ils ont raison. Et c'est ce que père vient de dire, tu ne fais vraiment pas de différence entre le bien et le mal.

Viviane sentit son cœur battre tout à coup très fort. Comment pouvait-on la comprendre aussi peu?

— La gentillesse, c'est bien. La brutalité, c'est mal. L'amour est bon et la haine ne l'est pas. Obliger quelqu'un à faire ce qu'il ne veut pas faire, c'est mal. Ceci dit, je ne vois pas pourquoi on emploierait ces notions de bien et de mal là où rien ne l'exige, dans le mouvement ordinaire de la vie quotidienne. Ce serait comme mettre des couleurs trop fortes là où des nuances suffiraient.

— C'est quand on s'est mis à croire que le divorce, l'avortement, l'assurance-chômage, l'endettement, le respect de la famille, toutes ces choses n'étaient que des nuances, que la société tout entière a commencé à se délabrer! s'écria Raymond, en employant, sans le savoir, le même vocabulaire que Normand.

La colère jetait dans ses yeux des frissons cruels, et Viviane se demanda s'il ne provoquait pas les altercations pour le plaisir de dominer ses adversaires. Ne lui avait-on pas raconté qu'il buvait parfois afin de trouver dans l'ivresse un alibi qui excusait son envie de frapper sa femme? Elle éprouva aussitôt une vive compassion à l'endroit de son oncle.

— Quand les règles sociales se sont assouplies, la vie est devenue plus simple, alors qu'on la compliquait inutilement, répondit-elle doucement. Il n'est pourtant pas difficile de voir clair. Je ne me mettrai pas à condamner les gens parce qu'ils vivent autrement que je le voudrais.

– Moi, je condamne, parce que j'ai des principes!
Je n'ai pas peur d'affirmer et de défendre ce en quoi je
crois!

Viviane retint son souffle, frappée par le changement brusque sur le visage de son oncle. Le gérant de
la caisse populaire, paternel et consciencieux, pouvait
se métamorphoser rapidement en un homme violent.
Et il savourait cette violence! L'éclat de son regard ne
trahissait pas seulement de l'exaspération, il reflétait
la haine.

Elle secoua la tête, avec la lassitude de ceux qui
ne combattent plus la marée.

– Et tu veux imposer tes principes à la vie, alors
que moi, je tire mes principes de la vie.

Octave se sentit tout à coup très fatigué. Les paroles
de Viviane le touchaient au plus haut point. S'il avait
pu penser comme elle, rien n'aurait changé dans sa
vie, mais il serait en paix avec lui-même. Il était pourtant si tard! Peut-on avoir d'autres convictions que
celles qu'on a déjà? Ébranlé, il avoua qu'il avait besoin
de dormir. Avant de fermer les yeux, il crut voir le
visage de sa fille Solange, superposé à celui de Viviane,
et ce visage lui souriait.

* * *

Quand Jeanne venait voir Viviane, presque chaque
fin de semaine, elle demeurait chez Normand. Sa mère,
qui habitait depuis longtemps à Montréal, en faisait
une condition absolue. Elle trouvait dangereux que
deux femmes seules demeurent au chalet, à la merci
du premier énergumène en quête d'un mauvais coup.
Alors, Viviane et Jeanne se rendaient au lac durant la

journée, pour se baigner, profiter du soleil et surtout être ensemble.

– Tu ne me parles plus de ton copain. Est-ce que tu le vois toujours?

– Oh, oui! C'est... On fait du tennis ensemble, et j'y vais deux fois par semaine.

Elles cueillaient des framboises autour du chalet, chacune un panier de carton dans la main.

– Je pense à lui continuellement, dit Jeanne. Quand je sens ses yeux sur moi, je me sens bien.

– Mais tu hésites encore. Pourquoi?

– Je crois que je ne suis pas prête, c'est tout.

– Dans ce cas, tu as bien raison d'attendre. Il est inutile d'aller plus vite que son désir.

Les paniers non plus ne se remplissaient pas vite, car elles mangeaient les framboises presque au fur et à mesure qu'elles les trouvaient.

– Toi, quel âge avais-tu, la première fois?

– Dix-sept ans, comme toi. Lui, il en avait trente. C'était un ami d'une copine. Je n'en étais pas amoureuse. Il me plaisait bien, c'est tout. Pour moi, cela faisait partie de la découverte de la vie, de l'exploration des relations entre les gens. J'apprenais aussi à me connaître moi-même, bien sûr. J'ai trouvé cela très bon, très doux.

Jeanne voulut alors savoir comment cela s'était passé lorsque Viviane avait été amoureuse pour la première fois.

– Lui, c'était le frère d'une amie. Il avait mon âge, et il ne m'aimait pas. Des fois, on aime des gens qui ne nous conviennent pas, ou à qui nous ne convenons pas. J'ai rêvé de lui pendant un an, jusqu'à m'apercevoir que je le rêvais, je le réinventais, et celui que je

portais dans mon cœur ne ressemblait pas à celui que
je rencontrais. Car nous nous fréquentions, nous allions
au cinéma, nous prenions des cafés ensemble, nous
dansions parfois. Il nous arrivait de nous embrasser,
de nous caresser. Il avait toujours peur d'être surpris.
Il disait que l'amour, c'était démodé. Il vivait dans son
groupe d'amis. Il savait que j'avais envie que nous cou-
chions ensemble, et ça l'effrayait. Je n'ai jamais compris ce qui se passait dans sa tête, dans son cœur.

Jeanne l'écoutait comme une éponge s'imbibe
d'eau parfumée.

– Tu as sûrement dû être amoureuse, un jour, de
quelqu'un avec qui tu faisais l'amour.

Viviane rit joyeusement. Sa demi-sœur éveillait
bien des beaux souvenirs qui lui apportaient une gaîté
bondissante et très douce.

– La première fois, j'avais dix-neuf ans. Ça a duré
cinq ans. C'était splendide. Et j'ai eu envie de découvrir
d'autres choses. Il est devenu jaloux, et ça n'a plus
marché. C'est dommage. Il faut toujours respecter les
autres, les choix qu'ils font. Ensuite, j'ai connu toutes
sortes d'amours. Parfois c'était bon, parfois ça boitait,
parfois ça n'allait pas du tout. L'important, c'est d'avoir
vécu tout cela. Le plus beau cadeau que tu peux te
faire à toi-même, c'est de vivre. C'est tellement bon!

Le ciel s'était brusquement obscurci tandis qu'elles
bavardaient. Un coup de tonnerre les fit sursauter. Peu
après, il pleuvait.

– C'est beau! s'écria Viviane. Une merveille, cette
eau qui s'évapore, qui fait les nuages, et qui retombe...
Quelle belle planète!...

– Avec une pneumonie, en passant! dit Jeanne,
en riant.

Heureusement, elles se trouvaient à deux pas du chalet.

– Non, attends, dit Viviane. Je veux rendre visite à Ernest.

Elle se dirigea vers le chalet voisin, tellement bien caché par les sapins et les bouleaux qu'on ne le remarquait plus. Jeanne avait toujours cru qu'il s'agissait d'une maison abandonnée. La façade n'avait pas été peinte depuis des années et des taches de mousse grugeaient le toit du garage. Viviane sonna, puis cogna.

La porte finit par s'ouvrir. Un très vieil homme les observa, méfiant.

– Entrez, grogna-t-il, vous allez vous mouiller. Toi, tu dois être Viviane.

Comment pouvait-il la reconnaître, après tellement d'années? Elle sourit, émue.

– Je vous appelais «mon oncle Ernest», même si vous n'étiez pas de la famille.

– Et tu venais me piquer des fraises et des bleuets dans le jardin. Ça me faisait plaisir. Elle, c'est qui?

– Jeanne. L'autre fille de Solange.

– Oui, c'est vrai. On m'a dit qu'elle s'était mariée. Pauvre fille! Que les gens sont bêtes! Toi, tu as été chanceuse. Tu poussais comme une belle fleur sauvage, sans t'occuper de rien. Le plus triste, c'était ta mère. À force de lui taper dessus, les autres lui ont fait croire qu'elle avait eu tort.

Il avança lentement vers le réfrigérateur et revint avec une cruche d'eau. Viviane approcha trois verres.

– Adrien m'a dit que tu étais de retour. Je t'ai souvent vue en bas, au chalet d'Octave.

Les autres disaient «le chalet de Normand». Mais Ernest appartenait à une époque plus ancienne. Elle l'imagina derrière un carreau, peut-être insomniaque, à observer le passage des saisons, ancré dans son passé, un rocher au milieu du courant.

– Sœur Marguerite m'a parlé de vous.

Le visage du vieillard s'éclaira, comme si une lumière soudaine lui effaçait les rides.

– Elle pense souvent à vous. Elle vous a beaucoup aimé, n'est-ce pas?

Elle avait parlé instinctivement, sans penser qu'elle se montrait peut-être indiscrète. Le vieil homme resta calme, le cœur à la surface, comme s'il sentait qu'il ne pouvait pas avoir de secrets pour cette femme qu'il connaissait à peine.

– Moi aussi. Je te l'ai dit, les gens sont bêtes. La vie pourrait être si facile... Il est trop tard, il a toujours été trop tard. Des fois je me dis que j'ai été lâche, j'aurais dû les secouer tous, bousculer tout ça... J'ai préféré leur tourner le dos.

Il but la moitié de son verre, à petites gorgées.

– Adrien m'a dit que tu avais beaucoup voyagé, ces dernières années. Je suppose que n'importe où, c'est mieux qu'ici.

– Non, c'est pareil. Les mêmes laideurs et les mêmes beautés. Des jours de pluie et des jours de soleil.

– Quand tu étais enfant, Viviane, je n'en croyais pas mes yeux. Tu étais la chose la plus rafraîchissante qui soit. Une porte ouverte sur la vie... Je te vois encore... Comment il est, Octave, avec toi?

– Grand-père a toujours été un peu gauche. Il m'aime beaucoup. C'est vrai, il y a quelque chose d'étrange dans sa façon d'être. Je crois qu'il se reproche d'avoir éloigné Solange quand elle est tombée enceinte. Il se sent coupable de quelque chose, qu'il veut réparer.

Ernest demeura immobile, les yeux fixes.

– Méfie-toi de lui, Viviane. Je le connais depuis toujours. Il a le cœur d'une bête blessée. Et les bêtes blessées sont imprévisibles. Quand elles souffrent trop, quand elles se sentent menacées, elles foncent.

Viviane se rappela alors l'obsession de sa mère, le visage d'Octave qui se mêlait à ceux de ses camarades, le soir de la fête scolaire... Cette confidence de Solange à son psychiatre, que Viviane avait surprise... Qu'est-ce qui lui permettait de faire un tel rapprochement? Ce vieil homme aux yeux vifs aurait-il la réponse?

– Dites-moi, oncle Ernest : c'est quoi, cette blessure, chez Octave?

– Non, répondit le vieillard. Non, je ne dirai rien. Pas aujourd'hui. Regarde, le soleil vient de sortir. Reviens me voir. Je vais réfléchir.

Il les raccompagna jusqu'à la porte. Un grand chien s'était couché en travers du chemin. La bête s'approcha du vieil Ernest, qui la laissa entrer.

En s'éloignant de la maison, Jeanne semblait encore plus troublée que Viviane.

– Quel homme bizarre! Et pourtant, il semble avoir toute sa tête.

Viviane hocha la tête, en silence. Elles évitaient de marcher dans l'herbe mouillée, ce qui ne les empêchait pas de se faire asperger dès qu'elles secouaient par mégarde un arbre trempé de pluie. En atteignant la voiture, elles riaient à gorge déployée.

– Mariette sera heureuse de nous offrir un bon café chaud et une pointe de tarte!

– J'en ai l'eau à la bouche. Tu sais, je voulais te dire, pour mon copain de tennis...

– Oui?

– Je crois que je suis prête.

* * *

Pour faire plaisir à ses parents, Antoine, le fils de Raymond et de Ginette, fit baptiser son dernier-né à l'église du village. Après la cérémonie, Raymond offrit une splendide collation à toute la famille. Soucieux de protéger sa réputation de banquier prospère et généreux, il avait fait affaire avec un traiteur de Montréal pour s'assurer d'un assortiment de plats haut de gamme dont on parlerait pendant longtemps.

– Je suis content que tu sois venue, dit Raymond. C'est important, un baptême.

Viviane sourit, ce qui était aussi chez elle une façon de ne pas répondre quand elle ne jugeait pas nécessaire d'afficher son désaccord. Pourquoi voulait-on l'associer à des sentiments qu'elle n'éprouvait pas, et qu'on savait qu'elle n'éprouvait pas?

– Merci de m'avoir invitée. J'aime les réunions de famille.

– Je sais. Bientôt, tu seras à Montréal, et on te verra moins souvent.

Sa remarque, imprégnée d'un véritable regret, émut la jeune femme. Elle comprit que son oncle, dans l'enthousiasme de la journée, oubliait son animosité à son endroit.

– Je ne quitte jamais personne, dit-elle.

Pleine d'entrain, Madeleine bavardait avec les uns et les autres, sans parvenir à dissimuler un certain malaise qui se lisait dans ses yeux. Elle faisait penser à ces gens qui dansent et font du bruit parce qu'ils se sentent désemparés. Viviane savait qu'Hubert passait la journée à Montréal, à la requête de son père. De cette façon, peu de gens verraient qu'il n'était plus le bienvenu dans la maison de Raymond. Ce dernier s'était montré ferme avec son frère Normand, qui partageait ses sentiments. Leurs enfants étaient cousins, qu'ils le veuillent ou non, et il fallait couper au plus vite les racines de cette passion dangereuse.

– C'est drôle, songea Madeleine. J'avais pensé que toi autour, tout se serait arrangé.

– Je ne vois pas pourquoi.

– Tu le sais très bien! Et c'est comme si tu nous avais abandonnés.

Blessée et triste, Viviane secoua la tête.

– Ta vie dépend de toi, Madeleine. Rien ne t'empêchait d'aller à Montréal avec Hubert. Tu as choisi de rester dans ta famille. Tu aurais pu faire le contraire.

– Je ne pouvais pas. Tu me trouves lâche, n'est-ce pas?

– Tu n'es pas une louve et tu n'es pas une oie sauvage, c'est tout. Je t'aime comme tu es. Il y a souvent des choix difficiles à faire. Ce qui compte, c'est d'être en paix avec soi-même.

– J'ai choisi, et je ne suis pas en paix.

Édouard les rejoignit. Madeleine s'éloigna sans le saluer. Quelques jours plus tôt, en s'appuyant sur son état de curé, il s'était permis de lui faire la morale au sujet de ses relations avec Hubert, en affirmant qu'elles étaient contre-nature. Si elle persistait à défier les convenances, elle briserait le cœur de son père, et sa mère en mourrait de chagrin.

– Je m'excuse! dit Édouard, en la regardant partir. Est-ce que j'ai interrompu un autre complot?

– Il n'y a jamais eu de complot. Je réponds aux gens qui me parlent, c'est tout.

Il prit son regard dur, semblable parfois à celui de Raymond, à celui de Normand, et dans lequel elle reconnaissait une expression d'Octave.

– Non, Viviane, ce n'est pas tout. Tu sèmes la discorde, et je me demande encore pourquoi.

– Un immeuble s'écroule, et on accuse l'oiseau qui s'est posé sur la corniche. Dis-moi, Édouard, pourquoi toujours cette hostilité à mon endroit? Ça me ferait tellement plaisir de causer avec toi sans que tu sortes tes épées et tes boucliers!

– Ce n'est pas de l'hostilité. Quand un aveugle entre dans un salon plein de vases de cristal, on ne lui en veut pas. On essaie de l'empêcher de tout briser. Je suis sûr que tu ne t'es jamais rendu compte de ce que tu détruisais autour de toi. Tu n'apportes pas le calme mais l'inquiétude, les inutiles remises en question, la tentation d'en faire à sa tête.

Fatiguée, Viviane haussa les épaules et s'éloigna. Aline et Jeanne jouaient une partie de ping-pong dans la salle de jeux. Elle les contempla longuement. Réconfortée par la ferveur des deux adolescentes, elle décida de rester sur place. Son cousin André, le policier, s'assit à côté d'elle.

– C'est vraiment beau, de les voir jouer. On a des réactions tellement vives, tellement précises, à cet âge!

– La pratique, ça y fait pour beaucoup. Moi, j'étais plutôt maladroite à ce jeu. J'ai toujours préféré le billard.

André avala une gorgée de bière, hésitant, incertain, comme les hommes dont on a repoussé les avances maladroites et qui tâtonnent en essayant de retrouver une contenance.

— Je te pensais déjà partie. On te voit si rarement!

— Je partirai après les fiançailles de Léopold. J'ai beaucoup aimé mon été! C'était gentil à toi de m'inviter à voir des vidéos.

Elle avait été parfois chez lui, dans les premières semaines. Ensuite, il n'avait plus donné signe de vie. Viviane n'y avait pas fait attention. Les gens ne sympathisent pas toujours ensemble et sa famille était si nombreuse qu'elle n'aspirait pas à fréquenter tout le monde.

— Ce que je t'ai dit le deuxième soir, murmura André, c'était faux.

La première fois, après le souper, ils avaient regardé un film avec sa femme Maryse. Il avait peut-être trop bu. En la reconduisant, il arrêta brusquement sur le bord du chemin pour essayer de l'embrasser. Elle se déroba gentiment. La seconde fois, même scénario, dans la voiture. Il s'excusa, les yeux mouillés et tristes, et lui raconta son histoire. Lorsqu'il était plus jeune, en faisant de l'auto-stop, il s'était laissé draguer par un homosexuel. Par bravade, par curiosité, et pour de l'argent. Viviane répondit que cela n'avait pas d'importance. Il insista, il avait aimé l'expérience, et avait souvent eu envie de recommencer. Avec sa sympathie instantanée à l'endroit de tous les comportements, de tout ce qui est humain, elle ne voyait là rien de répréhensible. Il expliqua qu'il s'était justement marié pour éviter toute tentation et se prouver qu'il était un homme normal, et c'est pourquoi il avait tenté sa chance avec elle.

– Si c'était faux, demanda-t-elle, doucement, pourquoi m'as-tu raconté ces choses-là?

– Pour voir si tu étais aussi tolérante qu'on le dit. Je sais, c'est bête. Je tiens à rétablir les faits parce que je ne voudrais pas que tu te fasses une idée fausse à mon sujet. La vérité, c'était le premier soir. J'ai toujours eu envie de toi. Je comprends aussi que ces choses-là ne soient pas toujours réciproques.

Comme il semblait vulnérable, avec son regard tranchant! Elle songea qu'il pouvait être un homme dangereux, ayant choisi pour métier d'imposer les rigueurs de la loi à tous ceux qui s'écartaient des normes.

– Cela ne m'empêche pas d'apprécier ta compagnie.

– Ni moi la tienne. Je ne voulais plus te déranger, c'est pourquoi je ne t'ai plus invitée.

Il vida son verre et se leva, avec un sourire triste. Viviane se dit que l'été finissait plus lourdement qu'il n'avait commencé.

Sa partie finie, Jeanne l'invita à prendre un verre, dehors. Des nuages épais cachaient les étoiles et le vent était tombé.

– J'ai pensé à toi et j'ai eu peur, lui confia Jeanne.

– Pourquoi?

– À cause du Christ. C'était une très petite société, la Judée, à son époque. Tout le monde se connaissait. Le drame de Jésus, c'est une histoire de famille. Quand il a fini par indisposer trop de monde, on s'en est débarrassé.

L'adolescente avait les yeux embués. Son père vint la chercher à ce moment, en coupant court à leur conversation. Viviane s'assit sur la terrasse, troublée. Comme Aline, Jeanne avait évoqué la figure de Jésus, toujours si étrangement touchante. Elle se sentait prise au piège, et l'étau se refermait.

Gaston, Hugues et Roger s'approchèrent, on allait commencer une partie de *Trivial Pursuit,* les plus jeunes contre les plus vieux, et on misait sur ses connaissances encyclopédiques. Elle accepta, ne fût-ce que pour passer le temps. Tout en étant plus âgée que tous ses cousins et cousines, elle faisait partie de leur groupe et pas de celui des enfants d'Octave.

La partie dura bien deux heures. Viviane, de nouveau gaie et enjouée, proposa une danse carrée. Là, les plus vieux l'emporteraient sûrement. Ensuite, certains se mirent à chanter, et minuit arriva sans qu'on s'en aperçoive.

Raymond, ravi de sa journée, remercia Viviane, chaleureusement. Elle sourit. Toute cette joie lui semblait encore fausse, une joie forcée. Où était passée la spontanéité des autres fêtes? Pourquoi se sentait-elle mal à l'aise?

Elle le comprit quand sa mère vint lui dire au revoir.

— Je sais que tu es heureuse ici, Viviane. Pourtant, j'ai peur que ça finisse mal.

— Pourquoi, maman? Qu'est-ce que tu veux dire?

— Les gens me parlent. Je ne sais pas, je sens ça dans l'air. Comme jadis. Rentre à Montréal, Viviane.

— Explique-toi! De quoi s'agit-il?

Solange la serra dans ses bras.

— Ce n'est pas ta faute. Tu déranges trop de monde. Comme je les dérangeais, et ce n'était pas ma faute non plus.

Étienne klaxonna. Solange embrassa sa fille, encore une fois, et monta dans la voiture. Viviane hésita, puis se décida à rentrer à la ferme, elle aussi. La pluie se mit à tomber, fine et cruelle. Le temps du soleil avait vraiment pris fin.

Chapitre IV

LA NUIT

NORMAND aurait voulu célébrer les fiançailles de son fils par une fête qui ferait oublier toutes les autres. Raymond avait fait venir un traiteur pour le baptême du dernier-né d'Antoine? Il engagerait un grand cuisinier. Yvette et Gérard avaient obtenu la salle de bingo? Il louerait la grande salle du motel du village, il ferait venir un orchestre, il enverrait des cartons d'invitation à tranche dorée. Finalement, il se rendit aux souhaits de Léopold, qui préférait une fête à saveur familiale, comme lors du retour de Viviane.

Celle-ci se chargea avec plaisir de la composition du menu et de la distribution des tâches. Léopold, tonitruant, fracassant, dépourvu de subtilité, franc et clair comme une cloche d'église, jouissait de l'affection de tous, qui se refléta dans l'enthousiasme avec lequel on seconda Viviane dans les mille et un préparatifs de la fête. Elle ignorait que dans le cœur de beaucoup, il s'agissait aussi d'une dernière fête qu'on voulait lui offrir à elle, quelques jours avant son départ pour Montréal.

Léopold aimait tellement être le centre d'attention qu'il multiplia les déclarations, les pitreries et les fanfaronnades qui constituaient son image de marque. Son entrain contagieux, ponctué de rires sonores, apportait à la fête une fébrilité palpable et une irrépressible gaîté. Il jouait des rôles, il forçait les gens à sortir d'eux-mêmes, il soulevait autour de lui la joie de vivre et la bonne humeur. On faisait semblant de s'inquiéter à propos de Martine : comment réussirait-elle à partager la vie d'un tel énergumène, elle si calme et si paisible? Elle les rassurait en rappelant que le lit de la rivière n'a pas à se démener au rythme du torrent. Et puis, ajoutait-elle avec un sourire espiègle, Léopold se montrait exubérant en tout, ce qui, dans un pays aux longs hivers, n'est certainement pas négligeable.

Comme Martine était une cousine de Thérèse, la femme d'Antoine, les deux familles venaient déjà de se rencontrer lors du récent baptême et les groupes se mêlaient facilement. La plupart ayant passé toute leur vie au village et fréquenté les mêmes écoles, ils partageaient bien des souvenirs et souvent, par un grand-père ou une grand-tante, des liens familiaux que les plus jeunes redécouvraient avec surprise.

Chez quelques-uns, pourtant, la joie restait factice, ou coexistait avec une blessure encore fraîche. Bien des choses s'étaient produites chez les uns et chez les autres au cours des dernières semaines, au cours des derniers jours. Gérard avait annoncé à Yvette sa décision de déménager à Montréal. Il lui laissait le maigre choix entre un éloignement tacite et une séparation formelle, suivie de procédures de divorce. Il l'aimait beaucoup. Par contre, il allait mourir et il tenait à vivre ses dernières années à sa guise. Madeleine avait finalement affronté son père : cousin ou pas cousin, la compagnie d'Hubert lui importait plus que tout au monde et elle préférait quitter la maison paternelle plutôt que de cesser de voir l'homme qu'elle aimait, à tort ou à raison. Elle était allée jusqu'à consulter un avocat. Celui-ci avait confirmé que les liens de cousinage par adoption pouvaient être mis de côté. Déjà secoué par une révolte soudaine de sa femme, qui lui avait carrément dit que si jamais il portait encore une fois la main sur elle, elle le dénoncerait à la police, et par l'arrogance croissante de son fils Julien, cet enfant de douze ans qui ajoutait à ses caprices alimentaires un laisser-aller vestimentaire faisant honte à la famille, Raymond menaça Madeleine de lui couper non seulement les vivres, mais les crédits que la caisse populaire accordait à sa boutique de coiffure. Madeleine riposta qu'elle était bien en mesure de se débrouiller sans lui. Brigitte, la fille de Pierre, avait célébré ses dix-huit ans en passant la fin de semaine avec son copain Lucien. Son père, depuis toujours doux et patient envers ses enfants, l'accueillit à son retour par une paire de gifles, en lui interdisant de sortir de la maison autrement que pour aller au collège et en revenir. Elle sortit ses griffes comme un chat frappé et le nargua en affirmant qu'elle vivrait sa vie comme elle l'entendait, et s'il la mettait à la porte, elle se prostituerait, comme Josette. Ébranlé, Pierre s'était plaint à son frère de l'influence pernicieuse de sa fille. Normand, qui n'avait jamais voulu voir la vérité en face, affronta Josette à propos de ses mœurs. Elle répondit que ça ne le regardait pas. Comme il parlait de la faire jeter en prison pour qu'elle réfléchisse à sa vie, Roger, son fils cadet, lui conseilla de plutôt arriver au vingtième siècle avant le début du vingt et unième. En outre, il saisit l'occasion pour lui annoncer qu'il aimait un homme et allait vivre auprès de lui. Normand, qui le voyait déjà sidatique, en rougissait de honte. André, le policier, avait appris qu'on soupçonnait son frère Hugues de vendre de la marijuana à l'école, ce qui lui permettait de se payer les programmes d'ordinateur à l'aide desquels il faisait des merveilles. Solange avait découvert dans le sac à main de Jeanne une ordonnance de pilules contraceptives. Aussitôt alerté, Étienne exigea de sa fille le nom de celui qui l'avait séduite, alors qu'elle était mineure. Jeanne riposta que s'il y avait quelque chose de criminel, c'était de fouiller dans le sac à main des gens. Sa vie personnelle ne concernait qu'elle et si on ne lui rendait pas cette ordonnance, il y aurait tout simplement une autre fille-mère dans la famille.

Ces drames domestiques provoquaient d'autres discordes entre parents, entre frères et sœurs, chacun prenant parti pour les uns ou pour les autres. La plupart de ces conflits se déroulaient en vase clos, dans le secret de chaque foyer. On était arrivé chez Normand en arborant de grands sourires, pour célébrer les fiançailles de Léopold et de Martine, comme on met un habit neuf en laissant chez soi ses vêtements de chaque jour. Au fur et à mesure que la fête avançait, on s'était parlé, on s'était fait des confidences, on avait cherché conseil auprès de ses proches. On continuait aussi à boire et à manger, on riait, on se racontait des histoires, on évoquait des souvenirs hilarants, comme on savoure la douceur d'une journée nuageuse sans toutefois cesser de penser à l'orage qui se prépare.

Certains faisaient appel à Viviane comme à une source de sagesse dans l'adversité. Jeanne lui demanda si elle avait eu raison de réagir comme elle l'avait fait, en blessant aussi cruellement sa mère aussi bien que son père.

— Ce genre de blessure est insignifiant. La vérité ne devrait troubler personne.

— Au moins, je ne leur ai pas dit que je l'ai fait avec mon instructeur de tennis.

Viviane ne manifesta aucune surprise.

— Ça ne t'étonne pas? Ne me dis pas que tu le savais!

— Bien sûr, je le savais. Tu ne parlais pas de lui comme on parle d'un camarade.

Jeanne se sentit fondre comme neige au soleil. Les parents supportent, à la rigueur, les romances et les jeux sexuels entre adolescents, comme une chose inévitable, mais se rebiffent à l'idée de voir leur enfant dans les bras d'un adulte. Par la simplicité de sa réaction, Viviane lui ouvrait les portes d'un monde plus doux, plus limpide.

— Pourquoi as-tu fait semblant de me croire?

— Il faut respecter les mensonges d'autrui. Là, tu veux savoir si tu dois continuer à le voir en cachette ou forcer davantage tes parents. Je ne peux pas te dire grand-chose. Ta vie réelle se passe dans ton cœur. Tu peux choisir d'afficher ce que tu fais ou le dissimuler. Fais toujours ce qui te semble le mieux, en te protégeant, en protégeant ceux que tu aimes et, surtout, sans te tromper, sans te mentir à toi-même.

Pierre aussi voulut discuter avec elle du comportement de Brigitte. C'était sa fille, et il se sentait violé à travers elle. Son absence de remords lui semblait aussi inadmissible que sa facilité à envisager une vie dissolue, comme si l'exemple qu'ils lui avaient donné, toutes ces années, lui et Marthe, n'avait servi à rien.

– Ce ne sont pas les enfants qui ont des crises de croissance, commenta Viviane, ce sont leurs parents.

– Tu dis cela... Mais c'est répugnant, abject! Tu ne comprends pas, elle est si frêle, si jeune, si pure... Et maintenant, souillée par le premier venu... Si je l'attrape, celui-là!...

Sa colère montait comme un ressort qui se détend. Se rendait-il compte qu'il ne s'agissait que de jalousie?

– Tu exagères, Pierre. Prends du recul. Tiens, des fois, on regarde la photo d'une personne qu'on a aimée. On retrouve toute notre affection à son endroit, sans se rappeler les irritations quotidiennes. Ou bien, on remarque des détails, des expressions qui nous déplaisent, et on se demande comment elle a fait pour nous obnubiler. Toute la vie est comme ça. Dans dix ans, tu auras oublié cet incident. Pourquoi lui attacher de l'importance aujourd'hui?

– Parce que ça se passe aujourd'hui! D'accord, avec le temps, les nuances se perdent, et on rit de ses humeurs passées. Cela vient plus tard. La vie est dans le présent. Il faut réagir dans le présent, comme on manie le gouvernail du bateau. On ne peut pas vivre comme si on avait déjà atteint le port. Tu sais, Viviane... C'est comme si tu prenais la part de Brigitte contre moi, et ça me fait mal.

La tristesse gagna Viviane avec la rapidité d'une odeur fétide qui envahit une pièce.

– Je suis du côté de chacun. Je ne suis pas du côté des uns contre les autres.

– Si tout le monde a raison, la vie n'a plus de sens. Je ne peux pas vivre dans un monde qui n'a pas de sens.

– C'est quoi, cette phrase? lança-t-elle, irritée. C'est quoi, cette idée? Le monde est plus vaste que le sens que tu lui donnes et tes idées n'empêcheront jamais la vie d'être ce qu'elle est. Pour Brigitte aussi la vie a un sens, et il est différent du tien. Mets-toi un peu à sa place avant de la condamner. Tu pourrais bien faire ça pour ta fille.

Décontenancé par la vivacité de la réplique, comme l'écume sur une vague d'exaspération, Pierre s'éloigna, incertain. Viviane éprouva un mouvement de pitié à son égard. Pourtant, ce qu'elle avait dit, il aurait dû le savoir depuis longtemps. Pourquoi les gens ont-ils tellement de difficulté à accepter que les autres mènent leur vie à leur guise? Chacun fait face à des situations uniques, dont il est seul à pouvoir juger.

Normand aussi chercha à la consulter. Elle, qui avait connu tant de choses, qui avait vécu parmi eux durant tant de semaines, pourrait-elle l'aider à remettre les choses en ordre?

– Quel ordre, Normand?

– Une vie plus saine, Viviane!... Si tu savais ce que c'est que de découvrir que ses enfants, ses propres enfants ont des mœurs ignobles!

– Justement, ce sont tes enfants! Comment peux-tu les trouver ignobles?

Édouard se joignit à eux. Parce qu'il dispensait le réconfort du prêtre en même temps que la compréhension d'un parent, on s'était beaucoup confié à lui durant la journée. Il avait tout écouté attentivement, en compatissant avec ceux qui souffraient, malheureux, désemparés. À mesure qu'il mettait ensemble les pièces du puzzle, il découvrait, sans étonnement, le visage du monstre qui avait déclenché ces désastres.

— On ne doit pas cesser d'aimer les gens parce qu'ils sont différents de nous, et différents de ce qu'on croyait qu'ils étaient, ajouta Viviane.

— Non, ne cherche surtout pas à les excuser! s'écria Normand. Tu sais que j'attache beaucoup d'importance à mes principes. Je suis aussi un homme tolérant. Mais un homosexuel, une putain, une droguée, dans ma famille! C'est inacceptable.

— C'est quoi, cela, acceptable, inacceptable? riposta-t-elle, excédée. Ils ne font de mal à personne. La tolérance, Normand, c'est d'apprendre à fermer les yeux sur ce qu'on n'aime pas. Sincèrement. Généreusement.

— Jamais! Ils ont dépassé les bornes. Je crois que j'ai envie de les tuer. Je me retiens, mais je suis en train de bouillir.

— Quelles bornes? Les tiennes. On n'aime pas les gens parce qu'ils nous ressemblent. On les aime parce qu'ils existent et qu'ils sont ce qu'ils sont. Toi, au lieu de chercher à comprendre, tu parles de tuer.

Édouard jugea qu'il était grandement temps d'intervenir.

— Tu sais bien que Normand ne veut tuer personne. Il est blessé, et il a raison de l'être. Il te demande conseil, et tu mets du sel sur la plaie. Moi, je crois qu'il faut aller au fond de ces choses-là, calmement, et trouver moyen de limiter les dégâts, quitte à châtier des coupables afin d'extirper le mal.

— Quels coupables? Quel mal?

Il prit un air mystérieux, le regard acéré, dont Viviane sentit l'épine lui fouiller le cœur. Un complot se tramait, et elle pouvait déjà en présager la laideur.

– Nous en parlerons tout à l'heure, quand les gens commenceront à partir. Et j'espère que tu te joindras à nous, Viviane. Ta version des choses peut être utile à tous.

– Je n'ai rien à faire dans vos conciliabules.

– À ta guise. Je te conseille pourtant d'être présente, tu as une bonne part de responsabilité dans ce qui arrive.

Elle le dévisagea calmement, avec une sorte de pitié. Édouard soutint son regard. Il avait toujours eu raison et elle avait toujours eu tort. Les événements le démontraient amplement. Il finirait enfin par mater cette rebelle!

– Tu donnes l'impression que tout est permis. Eh bien, tout n'est pas permis! Il y a des valeurs à respecter!

– Oui, répliqua-t-elle, il y a des valeurs à respecter. Et je crois que tu n'as aucune idée de ce qu'elles sont.

Mariette arriva en courant, les yeux rouges. Normand se prépara à une autre catastrophe.

– On vient d'appeler, du couvent. Sœur Marguerite est morte. Elle se sentait fatiguée et s'était couchée plus tôt que d'habitude. Elle venait à peine de s'endormir. Sœur Michèle, qui ne le savait pas, a voulu lui dire bonsoir, et elle l'a trouvée morte!

Elle se mit à pleurer. Normand suggéra de ne le dire à personne, pour ne pas gâcher la fin de la soirée. Viviane lui jeta un regard furieux et s'éloigna.

– Elle a raison, dit Édouard. Il vaut mieux l'annoncer tout de suite. Les gens s'en iront plus vite. Ceux qui le voudront resteront, pour prier pour elle. Et nous discuterons de ce dont nous avons à discuter.

* * *

Viviane connaissait à peine sœur Marguerite. De vagues souvenirs d'enfance, des bribes de conversation le jour où l'on avait fêté son retour, des éléments de biographie, et pourtant la nouvelle de son décès l'avait frappée en plein cœur. Même si elle tenait la mort pour un événement naturel, qui ne lui arrachait aucune larme, elle éprouvait un profond sentiment de perte, de désolation, comme si ce décès lui ouvrait encore une fois les portes sur la tragédie de la condition humaine. Au cours de la soirée, les commentaires des uns et des autres sur les bouleversements survenus récemment dans leur équilibre familial avaient préparé le terrain. À travers la mort de Marguerite, toute la tristesse de l'existence faisait irruption dans l'âme de Viviane.

Ce qui la surprenait et la blessait toujours, chez les gens qu'elle connaissait, c'était leur penchant à se nourrir d'illusions et à régler leur vie selon ces illusions qu'ils appelaient principes, convenances, morale, convictions, jugement. Or, que la différence entre ces principes et ces comportements était mince quand on les voyait comme les gestes de personnes qui vont mourir! Et Viviane acceptait les gens et les aimait tels qu'ils étaient, parce qu'ils étaient vivants, et la beauté de vivre est si précieuse et si fragile, si temporaire, avec ce point final dont chaque décès rappelle qu'il s'appliquera à chaque existence.

En empruntant comme toujours la voiture de Mariette, elle fonça en direction du lac. Il lui appartenait d'annoncer la nouvelle à la personne qui y serait le plus sensible, et qu'on oublierait sans doute dans les préparatifs de l'enterrement. Bien sûr, Germaine pleurerait la mort de sa sœur, Octave regretterait une flamme de jeunesse, sœur Michèle se sentirait longtemps démunie, privée de sa compagne de toujours. Pour Ernest, il s'agissait de la disparition du soleil.

Le vieil homme tarda à lui ouvrir la porte. Il s'excusa, en blâmant sa surdité. Elle remarqua la télévision allumée.

– Je m'intéresse encore au monde, dit-il. Comme on lit un mauvais livre, lorsqu'on n'a pas autre chose sous la main.

Il éteignit l'appareil. En s'enfonçant dans le fauteuil, Viviane souhaita brièvement y disparaître. Ernest lui offrit un grand verre d'eau. Elle eut la politesse d'être directe, avec beaucoup de douceur :

– Marguerite est morte. Il y a une heure.

Le vieillard gagna lentement son fauteuil. Son visage ne trahissait aucune émotion. Il demeura longtemps immobile, abîmé en lui-même.

– Raconte, demanda-t-il.

– Elle n'était pas malade. Elle s'est endormie, c'est tout. Sœur Michèle croyait qu'elle se reposait. Mais tout était fini, comme une chandelle qui a consumé toute sa mèche.

Depuis longtemps habitué à la détresse, cette compagne familière, Ernest ne réagit pas. Finalement, il murmura :

– Elle est donc morte sans le savoir. On lui a volé sa mort, après lui avoir volé sa vie. À mon âge, tu sais, je n'ai plus d'illusions sur la vie éternelle. Je vais quand même allumer une bougie en souvenir d'elle.

Émue, Viviane l'aida à installer le chandelier sur la table à café.

– Les personnes irréprochables qu'on rencontre au cours d'une longue vie se comptent sur les doigts de la main. Marguerite était de celles-là.

Ils contemplèrent la flamme, en silence. Viviane se rappela que sœur Marguerite aussi lui avait recommandé d'aller voir Ernest, en cas de besoin grave.

— Je ne cherche pas la mort, dit Ernest. Elle m'est aussi indifférente que la vie. Je continue à vivre, par habitude, et c'est une douce habitude. J'ai adopté le chien que tu as vu l'autre jour. Il vient me voir de temps en temps, quand il en a envie. Je ne sais pas où il habite, s'il habite quelque part. Peut-être préfère-t-il la forêt.

Il se versa un verre d'eau, qu'il but à petites gorgées. Viviane se sentait bien en sa compagnie. Ils s'entendaient simplement, spontanément, sans chercher à s'appuyer sur les béquilles des mots. Soudain, le regard du vieil homme se fit plus insistant.

— C'est très gentil à toi de m'avoir prévenu. Il est bon de tout connaître dans la vie, tout ce qui nous touche.

Allait-il enfin parler? Il ne fallait pas le brusquer, simplement ouvrir la porte.

— Vous vouliez me dire quelque chose, l'autre jour.

— Déjà quand tu étais enfant, je sentais que tu comprenais tout. Il y a une chose que je suis peut-être le seul à pouvoir te dire, à part Octave. Nous étions très proches l'un de l'autre, quand nous étions plus jeunes. Et tu es née. Même avant, il était devenu dur, irritable, intraitable. Nous allions encore ensemble à la chasse. Un soir, il a beaucoup bu. Cela m'inquiétait, car je l'avais connu violent à plusieurs occasions, et j'étais sur mes gardes. Mais non, il s'est effondré. Il m'a raconté comment ça s'était passé, le soir où Solange... Pauvre enfant! Le lendemain, il m'a fait jurer que je ne dirais jamais rien à Solange ni à personne.

J'ai promis. Des fois, il ne sert à rien de dire la vérité. Elle n'arrange rien, elle ne répare rien, elle ferait encore plus de dégâts. Vraiment, je ne sais plus si je dois...

Viviane sourit, doucement.

– Me dire qu'Octave est mon père?

– Tu le savais? s'exclama Ernest, surpris.

– Vaguement. Des soupçons. Solange aussi le sait, mais elle refusera toujours de le croire. Moi, ces choses n'ont pas d'importance. Ça me fait de la peine qu'il en souffre, c'est tout. Toutes ces souffrances inutiles... Moi non plus, je ne dirai rien.

– Toutes les souffrances sont inutiles, dit le vieil homme. Elles font partie de la vie, comme une maladie.

Maintenant qu'elle en avait reçu la confirmation, Viviane était envahie d'une nouvelle tristesse en songeant à son grand-père. Cet homme droit et généreux, qui avait désiré sa fille et l'avait violée, et qui avait vécu sa longue vie dans le remords. Encore là, son instinct la poussait à suspendre tout jugement face au crime, en essayant plutôt de comprendre, sans cesser d'aimer.

Le morceau de bougie touchait à sa fin. Ernest se pencha et souffla dessus.

– Et nous continuerons à vivre, simplement, jusqu'à la fin. Ce soir, j'aimerais partager la mort de Marguerite. Avec mes souvenirs.

Elle comprit qu'il souhaitait rester seul. Elle lui serra la main. À la porte, le chien attendait. Elle lui caressa la tête. La bête lui adressa un regard presque humain.

– Toi aussi, il te trouve à son goût, commenta le vieillard. Nous faisons peut-être partie d'un même clan. Reviens me voir. Je ne cherche la compagnie de personne, mais toi, tu es différente.

* * *

L'isolement volontaire du vieil homme ne troublait pas Viviane. Chacun est toujours seul, peu importe le nombre de gens qu'il a autour de lui, et les seules choses qui comptent sont celles qui nous accompagnent dans nos solitudes intérieures, y compris la présence intime d'êtres chers. Dans la faible marge de manœuvre imposée par les circonstances, on finit par choisir son destin. Peut-on dresser un bilan de ce fouillis? Sœur Marguerite dans son couvent, pendant un demi-siècle, et Ernest dans le monastère qu'il portait dans son cœur. Deux vies gâchées? Probablement pas. Chacun avait continué à vivre jusqu'à devenir ce qu'il était, ce qu'elle avait été, deux êtres splendides, imprégnés d'une profonde qualité humaine. Néanmoins, tout ce bonheur manqué, et manqué pour des raisons puériles! Même à soixante ans, même à soixante-dix ans, Marguerite aurait pu quitter la robe. À soixante ans, à soixante-dix ans, Ernest aurait pu l'inviter dans son ermitage. Les blâmer? Surtout pas. Ils avaient sans doute eu leurs raisons d'agir comme ils l'avaient fait, des raisons dont elle n'avait aucune idée.

Si dure, la vie, malgré les douceurs qui la parfument, si dure et si difficile, malgré la résistance étonnante du cœur! En prenant de l'âge, Viviane sentait grandir en elle une immense pitié pour les gens, faite de respect et d'admiration. Qu'il était merveilleux de les voir survivre, et vivre parfois, avec leurs faiblesses, leurs lacunes, leurs peurs, leurs lâchetés, leurs préjugés, leur aveuglement! Et ils aimaient, et ils s'aidaient, et ils faisaient de leur mieux pour rendre leur vie et celle des autres plus supportable, plus agréable. Ils se faisaient une niche dans la société, ils travaillaient, ils se mariaient, ils élevaient des enfants, ils connaissaient le bonheur de vivre et de survivre. Et ils se trompaient, ils se débattaient, ils s'écorchaient les uns les autres et se blessaient eux-mêmes en essayant de respirer un peu d'air pur.

Et elle-même? Viviane s'attardait rarement à penser à elle. Elle vivait, elle se débrouillait, comme tout le monde. On enviait la richesse de son existence. Cette existence, elle la fabriquait au jour le jour, comme l'oiseau nomade construit son nid qu'il délaissera quand le soleil lui fera signe d'aller ailleurs. Ce soir, elle se sentait blessée à mort. Pas à cause du décès de sœur Marguerite, pas à cause de la douleur d'Ernest. L'angoisse avait commencé durant la soirée, quand elle voyait suinter à travers la joie de la fête la dureté des gens entre eux. Des parents, des gens qui s'aimaient, sans se rendre compte des instincts agressifs qu'ils libéraient en eux.

Quels instincts? Un seul, le plus féroce, l'instinct de conservation. Chacun voulait protéger l'équilibre précaire qu'il avait établi dans sa vie entre soi et les autres. Ils étaient honnêtes, entiers, dépourvus de méchanceté. Ils voulaient vivre, ils voulaient survivre, et détruire ce qui les menaçait. Elle se rappela un chat qui l'avait cruellement griffée lorsqu'elle le présentait au vétérinaire. Elle pensa à la haine qu'elle avait vu naître chez tellement de gens, lorsque l'être qu'ils chérissaient choisissait de vivre sa vie autrement qu'ils le souhaitaient, et souvent autrement que près d'eux.

Elle appréhendait de rentrer à la ferme, et pourtant elle s'y rendit calmement, sans que rien sur son visage tranquille ne révélât l'horreur violente qui lui

tordait l'âme et la triturait dans un creuset d'amer-
tume et d'abandon.

* * *

À peine entrée dans la maison, elle remarqua la
froideur des regards qui se posaient sur elle. Lui
reprochait-on de s'être absentée alors qu'on voulait
partager le chagrin du décès de leur vieille parente?
Lui faisait-on savoir qu'en s'éloignant à ce moment, elle
avait coupé des liens entre elle et le reste de la famille?

— Je suis allée chez Ernest.

— C'est vrai, dit Mariette. On le voit si rarement
qu'on ne pense plus à lui.

Elle reniflait en parlant, les yeux encore rouges.
Quand les gens mouraient autour, elle perdait facilement contenance, incapable de s'habituer à ces bouleversements qui la meurtrissaient, même s'il s'agissait
de parents éloignés.

— Tu as bien fait, ajouta Germaine. Il a beaucoup
connu Marguerite, dans le temps. À notre âge, la mort
des gens, c'est important, même si c'est toujours triste.

Maintenant qu'elle devenait la doyenne, elle devait
pressentir que la mort rôderait bientôt autour d'elle ou
de son mari. Viviane observa son grand-père. Elle
décela dans le regard dur d'Octave une fureur intérieure. Elle comprit qu'il lui en voulait d'avoir été chez
Ernest. Comment supporterait-il qu'on ranimât des
remords pétrifiés?

— J'espère que tu n'as pas été trop brutale, glissa
Édouard. Le pauvre Ernest ne s'y attendait sans doute
pas. Il a peut-être le cœur fragile.

Sans relever la méchanceté du commentaire,
Viviane se mêla aux uns et aux autres. On parlait

encore de sœur Marguerite, de sa vie au couvent, des préparatifs de l'enterrement. Les souvenirs qu'on évoquait restaient imprégnés d'une étrange superficialité, comme si on ne pouvait pas ou si on ne voulait pas toucher à l'essentiel. C'était quoi, l'essentiel, dans la vie de sœur Marguerite? Le renoncement au monde? Une vocation provoquée par des raisons que le temps avait rendues futiles? La grandeur d'âme de la vieille religieuse, qui avait surtout été un regard sur la vie?

Viviane se servit un peu de cognac. Elle remarqua encore les regards hostiles, et pourtant la plupart avaient un verre à la main, ou posé à côté d'eux.

Dans quel monde se trouvait-elle? D'où venaient tous ces fantômes? Elle étouffait. De grâce, un peu d'amour! Un sourire, je vous en supplie! Elle s'approcha d'Hubert.

— J'ai envie d'aller prendre l'air. Veux-tu venir avec moi?

— J'aimerais beaucoup, mais je vais raccompagner Madeleine. Ensuite, je crois bien que j'irai me coucher.

Viviane alla voir Pierre, qui l'accueillit d'un bon sourire.

— C'est très bien, ce que tu as fait. Je ne connais pas beaucoup Ernest. Il est un des rares à avoir connu Marguerite dans sa jeunesse. C'est curieux que ça ait eu l'air de déranger Octave.

— Tu l'as remarqué, toi aussi?

— Oui. Il fréquentait Ernest, dans le temps. Ils se sont brouillés, ou ils ont cessé de se trouver des affinités. C'était déjà l'époque où Ernest commençait à rompre avec tout le monde. Je crois qu'aujourd'hui, il ne voit plus qu'Adrien.

– On n'a pas besoin de rentrer dans un couvent quand on ne veut plus voir personne. Il serait bon de se demander pourquoi il est devenu aussi solitaire.

Pierre resta bouche bée. Il n'y avait jamais pensé. Son égoïsme lui fit honte.

– Lui, je ne sais pas. Marguerite, oui. Quand on a une personnalité aussi intègre, il n'est pas facile de vivre parmi les gens.

Il la voyait déjà comme une sainte. Ernest et Marguerite avaient très bien gardé leur secret, et Viviane ne le trahirait pas.

– Je me sens triste, ce soir, dit-elle, tout à coup. Viens avec moi. Nous irons jusqu'à la rivière.

Il remarqua dans les yeux de sa nièce un appel désespéré, et il regarda son père, sa mère.

– Je crois que ma place est ici. Tout à l'heure, quand les gens seront partis.

Le cœur serré, Viviane se dirigea vers Brigitte et Gaston, qui bavardaient sur la terrasse. Ils ne parlaient pas de sœur Marguerite, qu'ils n'avaient pas vraiment connue. Ce décès ne les surprenait pas, vu le grand âge de la religieuse, et ne les affectait pas. Heureusement, la nouvelle ne leur était parvenue qu'à la fin de la soirée! Eux, ils avaient surtout célébré les fiançailles de Léopold et de Martine et se sentaient maintenant très fatigués.

– Viens, assieds-toi, l'invitèrent-ils.

– Il y a trop de monde. Je voudrais trouver un endroit plus calme. Si on allait du côté de la rivière?

– Oh, moi, je ne bouge pas d'ici!

– Moi non plus. Il sera bientôt temps de rentrer.

Viviane leur sourit et retourna dans la maison. Elle aperçut Jeanne, assoupie, oubliée dans un sofa.

Elle s'installa dans un fauteuil voisin et contempla l'adolescente. Celle-ci ouvrit l'œil, brusquement.

– C'est toi! Je suis contente de te revoir.

– Tu es belle quand tu dors. J'ai été chez Ernest pour lui annoncer la nouvelle.

Jeanne la regarda fixement.

– J'ai peur pour toi. J'ai pensé à cette phrase, tu sais, la lumière est venue, et les ténèbres ne l'ont pas reçue...

Viviane s'assit à côté de sa demi-sœur, qui appuya sa tête sur son épaule.

– Fais attention à toi, Viviane. Tu es vraiment une lumière...

– Et j'ai envie de celle des étoiles. Si nous allions, juste un instant, près de la rivière.

– Oh, oui!

Jeanne poussa un profond soupir et ne bougea plus. Viviane remarqua qu'elle s'était rendormie. Elle attendit quelques minutes puis se leva doucement, sans déranger la jeune fille.

Elle hésita. Bien des gens étaient partis, et d'autres s'apprêtaient à le faire. Elle rejoignit un groupe où se trouvaient sa mère, son oncle Gérard, Roger, André, Julie et quelques autres. On regrettait la façon dont la soirée avait tourné. Pauvres Léopold et Martine, dont le jour de fiançailles s'achevait dans le deuil!

– C'est vrai, c'est plutôt étouffant, maintenant!

– Justement, dit Viviane, je vais aller prendre un peu d'air frais. Est-ce que quelqu'un veut venir avec moi?

Son invitation tomba sur des visages endormis, avachis.

– J'aimerais bien, mais je n'ai pas le courage de marcher.

– Moi, si je me lève, ce sera pour aller au lit.

– Tout à l'heure, peut-être.

Viviane leur adressa un dernier sourire et s'éloigna, seule, vers le sentier qui menait à la rivière. Elle le connaissait de mémoire, et la vague lumière qui coulait des étoiles lui suffisait amplement pour ne pas buter contre des arbres.

Elle s'assit au bord de l'eau, démunie, le cœur glacé. Comme on était loin du jour de son retour! Que s'était-il passé pour que cette nuit ait ce parfum menaçant de fleurs décomposées? Devait-elle se reprocher quoi que ce soit? Elle irritait souvent des gens par son comportement, tandis que d'autres y puisaient du réconfort, l'énergie de vivre, la joie précieuse de savourer la douce beauté des choses. Jamais encore elle n'avait connu cette sensation accablante qui annonçait la fin d'un monde.

Lentement, elle s'étendit dans l'herbe, rafraîchie par l'humidité nocturne. Elle comprit qu'il ne s'agissait pas du décès de sœur Marguerite, de l'hostilité de quelques-uns. Ce poids qui s'abattait sur elle, ce n'était pas la solitude, l'absence d'amour. Elle avait vécu bien des amours, elle en avait respiré le riche bouquet, elle s'en était nourrie. Rien de plus facile que d'oublier la frustrante maladresse de trop de désirs dont elle avait jalonné son chemin, la tristesse aiguë des visages détournés, le chagrin des amours à sens unique, les miasmes des déceptions secrètes. Dès qu'elle le voulait, elle pouvait évoquer des heures magiques, des regards caressants, la splendeur de corps vivants dans des paysages fulgurants ou dans la tendre complicité d'un lit de passage.

Ce soir, l'amour devenait aussi illusoire que le reste. C'était l'heure où l'on ne pouvait s'accrocher à rien, car l'univers entier n'offrait pas plus de densité que sa propre existence. Des jeux d'ombre et de lumière, comme ce soupçon d'aurore boréale qui frissonnait dans la nuit.

Elle se redressa, les bras autour des genoux, incapable même de regretter d'avoir été laissée seule, abandonnée de tous ceux qu'elle aimait. Comme une pierre jetée dans le vide, elle venait d'entrer de plain-pied dans la zone la plus profonde de la condition humaine, la solitude de tout ce qui vit, la solitude implacable de la conscience.

Elle sut qu'elle allait mourir. Ce n'était pas nécessairement imminent, elle était encore jeune. Les années ne changeraient rien à l'horreur de devoir cesser d'exister. On passe le temps comme on peut et on arrive à la dernière page, qui efface toutes les autres. Elle touchait brutalement à la dernière ligne du livre de sa vie, l'instant des bilans ultimes, le moment où la plus vaste acceptation, souriante et résignée, ne peut que masquer une dernière fois, sans la dissoudre, la férocité du destin.

Lourde de chagrin et presque terrorisée, elle regarda la ferme. Il y avait dans cette maison des gens meurtris qui lui en voulaient et son retour susciterait en eux des réactions de défense, et le cruel aveuglement des bêtes blessées. Cette maison abritait également des gens qui l'aimaient. Quelle flamme de quelle bougie pourrait résister à la violente bourrasque qu'elle pressentait?

Elle se rappela quelques mots d'Adrien, de sœur Marguerite, en cas de danger, elle devait se rendre chez

Ernest, lui demander de l'héberger pour la nuit, et s'en aller ensuite, au hasard, disparaître, refaire sa vie ailleurs.

Profondément, elle savait qu'elle ne pourrait pas tourner le dos. Elle éprouva un vif malaise, une sauvage acidité qui lui brûlait l'estomac. Elle se plia en deux, en mordant un cri. Des larmes jaillirent de ses yeux comme le sang à la suite d'un coup de couteau. Respirer. Respirer lentement, de plus en plus amplement. Trouver dans les étoiles immobiles la source d'un calme bienfaisant.

Autour d'elle, sous les sapins et les peupliers, de nouvelles pousses annonçaient la prochaine forêt. À leurs feuilles, à leurs aiguilles, elle remarqua un chêne, quelques cèdres, des épinettes, pas plus hauts qu'un enfant. Au cours des années, ces arbres remplaceraient ceux que le vent, les insectes et les castors abattraient, sans oublier la tronçonneuse des hommes. La vie venait de très loin et continuerait à couvrir cette planète sur laquelle elle-même et tous ceux qu'elle aimait n'auraient fait que passer, comme la lumière fugace d'une luciole.

Viviane contempla encore la maison illuminée. Elle distinguait les voitures. Trouverait-elle des amis chez ces invités attardés? Elle songea à Jeanne, la plus douce, la plus aimée. Octave, qui se débattait au milieu des cauchemars de son passé. André, si fragile et si dur, sous la cuirasse de son uniforme de policier. La jeune Aline, un diamant vif et acéré, lancée à la découverte du monde. Roger, Josette, Hugues, devenus habiles à se défendre. Normand, le fermier généreux et borné. Édouard, le curé vulnérable, toujours accroché à ses principes, comme Raymond, le banquier solide,

telle une sclérose. Solange, sa mère, torturée, en quête
de repos. Léopold, rieur et bruyant, enfin heureux.
D'autres visages.

Elle les aimait tous. Comment pourrait-elle refuser
de les revoir une dernière fois?

* * *

La majorité des invités étaient partis. Normand
avait demandé à certains de rester; d'autres prenaient
un dernier verre ou ne se décidaient pas à mettre fin à
une conversation. On retrouvait tous les anciens de la
famille : Normand et Mariette, bien sûr; le grand-père
Octave et sa femme Germaine, qui ne s'éloignait jamais
de son mari; Raymond et Ginette; Yvette et Gérard, et
leur fils André; Solange, la mère de Viviane, Étienne et
leur fille Jeanne, déjà couchée, car elle passait la nuit
chez Normand; Pierre, Marthe et Édouard, le curé.
Parmi les enfants de Normand, Hubert, Josette et
Roger desservaient et rangeaient la vaisselle; Diane,
son mari et ses enfants étaient partis, et Léopold était
allé reconduire sa fiancée en prévenant, dans un éclat
de rire sonore et limpide, qu'il rentrerait sans doute
tard.

C'était le conseil de famille, rassemblé par Normand,
Octave et Édouard. Le vaste salon contenait facilement
ces dix-sept personnes. La vieille Germaine, portée à
mélanger les époques, se rappela les belles veillées du
temps jadis, quand ils se réunissaient en plus grand
nombre encore, surtout le samedi soir, s'ils accueillaient des parents ou des amis.

– Marguerite serait tellement contente, si elle
nous voyait tous ici, pour parler d'elle!

– Elle serait heureuse, oui, commenta Édouard. Et elle pourrait nous donner les conseils dont nous avons besoin.

Germaine ne comprit pas de quoi il parlait. Bien des choses lui échappaient et elle avait perdu l'habitude de demander des explications. Elle se cala dans son fauteuil, en prenant une expression de béatitude.

Hubert fronça les sourcils. Le ton lourd de son oncle l'avait fait sursauter. Pas plus que son frère et sa sœur, il n'avait été prévenu qu'on s'apprêtait à discuter de questions importantes. Il songea que Raymond, de toute la soirée, ne lui avait pas reproché ses relations avec sa fille, et il éprouva alors une vive appréhension à l'idée que son oncle avait peut-être en tête des soucis plus importants ou des projets dangereux.

– Quelqu'un veut du café, du thé, une bière? offrit Normand.

– Pas pour moi, merci, dit Roger. Je me coucherai tôt. La journée a été longue.

– Je crois que personne ne se couchera tôt, murmura Raymond.

Normand attendit que chacun ait fini d'emplir son verre ou sa tasse. La gravité de son expression imposa progressivement le silence.

– Nous sommes entre nous, dit-il enfin, et nous devons parler franchement. Et, franchement, j'en ai assez de voir ce qui se passe! On dirait que tout s'est mis à dégringoler.

– C'est juste, ajouta Édouard. Si mon métier m'oblige à vivre loin de vous tous, il me permet peut-être de jeter un meilleur coup d'œil sur les événements. J'entends des choses bien préoccupantes autour de moi.

– Il est temps de s'ouvrir le cœur et de chercher à savoir ce qui nous arrive, lança Raymond.

– Il serait sans doute bon d'attendre Viviane, suggéra Hubert. Elle reviendra dans un instant. Si on a des problèmes, elle saura nous aider.

Octave leva le doigt, et c'était son geste autoritaire du temps où il dirigeait la famille.

– On n'a certainement pas besoin d'elle pour régler nos histoires! gronda-t-il.

Toute la sympathie qu'il éprouvait pour Viviane s'était effondrée quand elle avait mentionné sa visite chez Ernest. Hubert recula dans son siège, surpris par la riposte du grand-père.

– D'autant plus qu'elle fait peut-être partie du problème, ajouta Édouard.

– J'ai soixante-seize ans, poursuivit le vieil homme. Je ne vous ai pas mis au monde pour vous voir malheureux! Par bon temps, par mauvais temps, vous avez été autour de moi une source de joie. Et que se passe-t-il, tout à coup? Des désaccords, des disputes...

Il contempla sa tasse de thé, et personne n'osa troubler ses pensées. Deux minutes plus tard, il jeta autour de lui un regard circulaire, en s'attardant brièvement sur chacun.

– C'est quoi, tout ce relâchement? Qu'est-ce que ça veut dire, ce fouillis? Je veux que cela cesse! Nous avons toujours été une famille unie. Il n'y a pas de raison à tout ce désordre...

– Pourquoi parler de désordre? demanda Gérard. Un peu de compréhension suffirait...

Il avait son regard d'épicier aimable, affable, soucieux de la tranquillité de sa boutique et du bien-être de ses clients.

– Certainement pas! s'écria Yvette. Nous sommes tous compréhensifs, mais il ne faut pas abuser! Tu crois que c'est facile, de vivre auprès de quelqu'un qui voudrait être ailleurs? Quand on assume des responsabilités, on les assume jusqu'au bout! On ne peut pas s'en aller en se lavant les mains de ce qu'on laisse derrière soi!

– Yvette... commença Gérard, embarrassé.

– Ce que j'aimerais, moi, c'est savoir qui a pu te mettre dans la tête les idées que tu sembles avoir tout à coup.

Yvette se croisa les bras, les lèvres encore frémissantes. Quoiqu'elle ait parlé à mots couverts, son cri suffit à forcer les confidences. Raymond lui emboîta le pas.

– Il s'agit justement de cela! Nous ne voulons pas nous comporter en hypocrites, n'est-ce pas? Nous avons toujours eu du plaisir à nous rencontrer, à nous fréquenter, à vivre comme une vraie famille doit vivre. Et maintenant, qu'est-ce que je vois? Nous nous réunissons pour célébrer un événement heureux qui touche l'un de nous, et sous les sourires et sous la joie, on sent la discorde. Qu'est-ce qui nous arrive? Et parlons-nous franchement, comme nous l'avons toujours fait.

On croyait le voir assis derrière son bureau de banquier, en train de faire la leçon à des clients dépourvus de discipline financière.

– Il n'y a pas de quoi en faire un plat! protesta Roger. Si les uns veulent vivre différemment des autres, c'est leur affaire.

– Le veulent-ils vraiment, demanda Édouard, ou s'agit-il d'idées fausses qu'on leur a mises dans la tête, comme dit Yvette?

Gérard se sentit brusquement fatigué. Une douleur vive lui traversa l'estomac. Comment dissimuler son mal, avec tous ces regards braqués sur lui? Il prit une longue respiration, attendit quelques secondes, puis affronta Édouard.

– Toi, le renard, je te vois venir. Ce n'est pas parce que tu es curé que tu vas m'en imposer. Oui, j'ai envie de m'en aller. Et après? Ça n'enlève rien à l'amour que j'ai pour vous et pour les miens. Quand j'en ai parlé à Viviane, elle a trouvé cela bien normal. Pourquoi ne pouvez-vous pas réagir aussi simplement devant des choses simples?

– C'est donc elle... s'exclama Yvette, les mâchoires tendues.

Gérard leva les bras puis les laissa tomber d'un geste las. Qu'y avait-il à discuter? Sa décision regardait sans doute Yvette, pas les autres. Il n'allait certainement pas chercher à justifier son comportement.

– Réagir simplement... Des choses simples... marmonna Normand. Eh bien, non! Je n'accepte pas, moi, des mœurs dissolues dans ma famille! On veut suivre la mode? Là, il y a des limites.

– Qu'est-ce que la mode a à voir dans cela? protesta Roger. Les gens aiment qui ils veulent. Et je crois qu'un peu de franchise aide à vivre plus sainement. Est-ce que c'est trop demander, qu'on aime les gens comme ils sont?

Normand se donna des coups de poing dans la paume, comme quelqu'un qui se prépare à se battre. Tous ces mots dont on se sert pour justifier l'injustifiable...

– C'est justement de cela qu'il s'agit, enchaîna Josette. Tu m'aimais bien, quand tu ne savais rien de ma vie privée. En quoi suis-je différente, tout à coup?

– Parce qu'il y a des choses qu'il ne faut pas faire. Et si on les fait, on doit avoir la décence de le cacher, c'est tout, riposta son père. Quand nos propres enfants nous dégoûtent...

Il n'acheva pas sa phrase. Il réprima un sanglot, d'autant plus tragique qu'on le connaissait comme un homme solide, toujours maître de lui.

– J'imagine que votre Viviane vous trouve normaux, vous aussi? glissa Édouard.

– Moi, je vais me coucher, annonça Roger. Et je vous conseille d'en faire autant.

– Et ça se permet de donner des conseils! s'écria Normand.

Roger haussa les épaules. Il hésita encore un instant, puis tourna le dos et quitta carrément le salon.

Il se fit un grand froid. Personne n'osait trop bouger.

– Il a bien raison de partir, commenta Pierre. Tout cela ne mène à rien. Et si ça mène à quelque chose, je crois que nous le regretterons toujours.

Plusieurs hochèrent la tête en l'approuvant. Édouard se tourna vers Octave, qui se contenta de dire non du bout du doigt.

– Pourquoi ne pas tirer les choses au clair? suggéra Marthe. Nous le savons tous, qu'il s'agit de Viviane. Moi, je suis perplexe. Je l'aime beaucoup. Et j'ai peur de ce qu'elle dit. Je ne la comprends pas. Je me méfie de sa largeur d'esprit et je ne comprends pas sa générosité. Car vous savez bien qu'avant tout, elle a un cœur en or.

Elle fit tourner les glaçons dans son verre en les contemplant fixement, comme si elle y cherchait une réponse. Quand elle rencontrait Viviane, elle avait l'impression de baigner dans la lumière. De nouveau seule, elle se demandait ce qui avait bien pu lui arriver. Pourquoi fallait-il que la douce sagesse qui émanait de la jeune femme aboutît à des comportements inacceptables, commet ceux de ses propres enfants?

– C'est juste, Viviane ne me semble pas mauvaise, dit Édouard.

Sa déclaration en surprit plus d'un. Il fit une pause, comme lorsqu'il entrecoupait ses sermons d'effets oratoires.

– Attila croyait bien faire quand il pillait et saccageait tout devant lui, précisa-t-il.

– Tu exagères drôlement! protesta Pierre. Voyons donc!

– Ce que je veux dire, c'est qu'il ne suffit pas d'être en paix avec sa conscience. Le bien et le mal existent en dehors de nous. Et il arrive souvent qu'on se range du côté du mal sans s'en rendre compte.

Octave se redressa sur son siège. Son fils venait d'aller au fond du problème.

– Je suis comme Marthe, dit Mariette. J'aime Viviane. Je la connais peut-être mieux que vous tous. Après tout, cela fait plusieurs semaines qu'elle habite chez nous, et nous nous parlons chaque jour. Je ne suis pas sûre qu'elle exerce une bonne influence. C'est si difficile à dire...

– Tu as tout à fait raison, approuva Édouard. Oui, Gérard, je suis curé, et je suis fier de l'être. Ici, je suis un homme préoccupé par ce qui arrive à des gens qui me sont chers. Je ne reproche pas à Viviane d'être athée. Dieu lit dans son âme, et Il sera le seul à la juger. N'empêche, elle donne le mauvais exemple, et cela nous affecte tous.

– Quel mauvais exemple? s'écria Hubert, excédé. Elle nous apprend à être libres.

Il ne se rendait pas compte à quel point il empirait les choses.

– C'est quoi, la liberté? demanda Octave.

La voix du vieil homme résonna longuement. Il était l'ancêtre, le patriarche, et chacun de ses mots pesait lourd dans la balance.

– La liberté de choquer les gens? poursuivit-il. La liberté de n'avoir pas honte de soi, quand on devrait avoir honte de soi? La liberté de faire ses quatre volontés, sans le moindre respect des autres? Il faut être prudent, dans ces choses-là.

Il se demandait encore pourquoi Viviane avait été annoncer à Ernest la nouvelle de la mort de sœur Marguerite. Comment connaissait-elle le vieillard? Et ce dernier se souvenait-il de tant de secrets enfouis depuis si longtemps?

– C'est une liberté, celle de bafouer les règles les plus élémentaires? ajouta Raymond. Et tu sais de quoi je parle, Hubert! Tu es quelqu'un de bien, je le sais. Je t'ai toujours estimé. Cependant, tu es mon neveu, et je ne veux plus te voir tourner autour de ma fille. Bien sûr, je suppose que ta Viviane ne voit rien de répréhensible dans les relations incestueuses.

Hubert pâlit. Désarçonné, il ne trouvait pas les mots pour se défendre.

– Viviane nous apprend à être vrais, intervint Josette. Quel mal y a-t-il à cela?

– C'est quoi, la vérité? lança Raymond, irrité. Et de quel droit en parle-t-elle?

– Surtout, ajouta Édouard, on doit se demander de quelle vérité elle parle. Ce n'est certainement pas la nôtre!

– L'instigation au désordre, la corruption des mœurs, c'est criminel, dit André, le policier, en intervenant pour la première fois dans la conversation.

Son commentaire claqua comme un coup de fouet et plusieurs marquèrent leur accord. Horrifié, décontenancé, les yeux écarquillés, Pierre se frappa les genoux.

– Non, non, arrêtons cela, supplia-t-il. Nous n'avons pas le droit de juger les gens!

– Au contraire, insista Édouard. Le vice aussi est vrai. Le meurtre est vrai. Alors, de quoi parle-t-on? La vérité! Être vrais! Ce qu'on vous demande, ce qu'on nous demande à tous, c'est de vivre honnêtement.

– Et cela, enchaîna Raymond, ce n'est pas difficile! Ça ne l'a jamais été! Être un bon père, un bon fils, une bonne fille, une bonne épouse, un bon époux. Et c'est cela que je ne retrouve plus autour de moi. Ne me parlez pas de liberté, de vérité, de tous ces mots qui ne servent qu'à excuser les pires saloperies! Et je ne mâcherai pas mes mots, non! J'en ai assez! Quand la mauvaise herbe se met à pousser, on l'arrache! Et nous savons tous qui est la mauvaise herbe.

Il se tourna vers Solange, qui se rappela brutalement toute son adolescence meurtrie, quand elle avait été rejetée par sa famille. À cette époque, c'était elle, la mauvaise herbe. Cela n'avait donc servi à rien, ses efforts incessants pour se rendre acceptable? Elle ne reprochait pas à Viviane d'être ce qu'elle était, étrange, inattendue. Il y a quand même les autres! Pourquoi ne pouvait-elle garder ses opinions pour elle?

– Dis quelque chose, ordonna Octave. Tu es sa mère.

Elle sortit un mouchoir et s'épongea les yeux. Elle avait aimé sa fille, elle l'aimait encore. Pourquoi avait-elle toujours été incompréhensible?

Elle secoua la tête, incapable de prononcer un mot.

— Moi, je crois qu'il vaut mieux ne pas chercher à réparer ce qui est irréparable, dit Ginette. Personne n'est obligé de voir personne. Si on ne veut plus fréquenter Viviane, qu'on cesse de l'inviter, c'est tout.

Elle soutint le regard lourd, presque menaçant de Raymond, son mari, et se tut, perplexe. Il n'avait presque rien bu durant la soirée. Pourtant, elle reconnaissait son expression dure, quand il allait la frapper.

— Il y a une solution, déclara Étienne. Et il n'y en a qu'une.

Il n'avait jamais été adopté par la famille. Il était le mari de Solange, c'est tout. On le respectait beaucoup. Bien placé, prospère, éduqué, il manifestait toujours un bon sens limpide, empreint d'autorité.

— J'ai épousé sa mère, et elle est devenue ma fille. Ce soir, nous l'emmenons avec nous. Vous n'en entendrez plus parler. Je suis sûr qu'elle comprendra, elle aussi, qu'on préfère la savoir loin. Et ce n'est pas une critique que je lui fais, ni un reproche. Tout simplement, il est inutile et imprudent d'allumer du feu près d'un bidon d'essence.

Pierre soupira, soulagé. La proposition d'Étienne constituait une excellente porte de sortie.

— Elle devrait rentrer bientôt, rappela-t-il. Elle est sortie prendre un peu d'air. Oui, tout compte fait, je crois qu'il vaut mieux l'éloigner.

— Et c'est répugnant, dit Hubert. Ce que vous voulez faire, c'est la mettre de côté, parce qu'elle pense différemment. On ne chasse pas les gens comme ça! Je ne suis pas d'accord!

— Nous ne te retenons pas, toi non plus, riposta Raymond, sèchement.

Hubert regarda autour de lui. Tous ces visages tendus, hostiles... Il ne parviendrait jamais à les convaincre de quoi que ce soit.

– Je sais que vous ne reculerez pas, murmura-t-il. Eh bien, moi, je ne veux pas voir ça. Je préfère m'en aller tout de suite!

Il partit sans dire au revoir. On suivit des yeux, par la fenêtre, les feux rouges de sa voiture. Plusieurs se sentaient mal à l'aise.

– Il n'y a plus de thé... remarqua Germaine.

Mariette s'empressa d'aller brancher la bouilloire. Le silence se prolongeait. Finalement, Raymond se leva.

– Non! Qu'est-ce que ça veut dire, cela? Elle vient, elle fout partout le bordel, comme on dit en Afrique, et on la laisserait partir, pour faire ses dégâts ailleurs? Ça me crèverait le cœur, de savoir qu'elle pense avoir gagné!

– Tu as raison, l'appuya Normand. Elle a brisé trop de choses. Elle ne devrait pas s'en tirer à si bon compte.

– Un peu de calme, je vous en conjure, lança Pierre. C'est notre nièce. C'est ta fille, Solange! Voyons, père, dites quelque chose!

Octave secoua la tête. Il avait été séduit par Viviane, comme tous les autres. Or lui, il savait la vérité. Le soir du viol de Solange, quand elle était rentrée, ivre-morte, avec cette odeur de vomissure, il lui avait administré un somnifère pour qu'elle puisse dormir en paix. Ensuite, en la voyant couchée, assommée, inconsciente... Comment l'enfant issue d'une telle nuit aurait-elle pu être autre chose qu'un monstre? Un monstre sournois, perfide, déguisé en ange...

Pourquoi avait-elle été voir Ernest? Pourquoi n'était-il pas déjà mort, celui-là? Pourquoi le temps efface-t-il si mal les choses?

– Je suis un homme flexible, vous le savez tous, dit André. Par contre, je n'aime pas le désordre. Fermer les yeux, c'est être complice. Le respect des lois, de l'autorité, c'est essentiel.

Et il les regarda, sévère, convaincu, tout son métier de policier dans le visage.

– Mais qu'est-ce que tu baragouines là? s'écria Pierre.

– Il faut qu'elle sache qu'elle a exagéré.

– Exagéré en quoi? lança Josette.

– Tout le monde me comprend ici. Sauf ceux qui ne veulent pas comprendre.

– Je vous le dirai, moi! tonna Raymond. Je ne la laisserai pas partir sans une bonne paire de gifles! Qu'elle se rende compte que nous ne sommes pas des pantins! Oh, elle se croit forte, elle se croit tout permis! Elle profite de ce que certains sont trop faibles pour lui résister! Une bonne raclée, ça vous aide à voir clair! Et il n'est jamais trop tard pour apprendre à vivre comme du monde!

Il tremblait. Il se versa une mesure de gin et se calma en y ajoutant lentement une demi-bouteille de tonic. Ginette, sa femme, frémit. Raymond buvait toujours quand il s'apprêtait à distribuer des coups.

André réprima un sourire. Son oncle avait bien raison. Sous couvert d'aider les gens, en distribuant ses sourires et ses bonnes paroles, Viviane semait surtout la zizanie. À cause d'elle, son propre père abandonnait sa mère. De plus, comme s'il ne lui avait pas suffi de le repousser, lui, elle lui avait arraché des aveux honteux. Elle saurait bien qui était le plus fort!

– C'est juste. Le juge le plus compréhensif, le plus indulgent, sait bien qu'il doit punir le coupable. Pour son bien à lui comme pour la sécurité des autres. Punir, c'est un devoir.

– Je vous en prie, implora Pierre, pas de violence!

– Qu'elle s'excuse, au moins! Qu'elle demande pardon! lança Yvette.

Mariette, qui avait appris à aimer Viviane comme sa fille, se sentait infiniment mal à l'aise. Démunie, elle consulta les autres du regard. Marthe baissa les yeux. Ginette ne bougeait pas, figée à la pensée d'affronter son mari. Josette, livide, la gorge nouée, respirait avec difficulté.

– Oublions cette idée de punition, dit Étienne, calmement. Nous l'emmenons, c'est tout. C'est plus simple, et tout rentrera dans l'ordre.

– Qu'en dis-tu, Édouard? demanda Octave.

– Dieu n'interdit pas une certaine violence, quand c'est pour une bonne cause. Qui aime bien châtie bien.

– Je vais vous dire une chose, murmura Normand. Je l'ai accueillie comme une fille. Ce soir, je me dis qu'il aurait été préférable qu'elle ne mette jamais les pieds ici. Je me dis que la vie serait plus belle, comme elle l'a déjà été, si cette femme n'existait pas.

Bouleversé, Pierre appuya les mains sur ses tempes.

– Normand, c'est abominable! Tu ne sais plus ce que tu dis! Viviane est une personne étrange, je le veux bien. Quand même, elle n'a jamais fait de mal à personne! Elle est propre, elle! Pour quelqu'un qui a horreur du vice, je crois que tu t'attaques à la mauvaise personne.

Normand lui adressa un regard lourd, blessé.

– Mes enfants, je leur pardonne. Oui, je leur pardonne, de tout mon cœur. À elle, non!

Il serra les poings, buté. Et il ajouta :

– Moi aussi, je pense qu'une correction lui ferait du bien.

– S'il vous plaît, s'il vous plaît... murmura Solange. Viens, Étienne. Allons la chercher.

– Père, dit Édouard, que décidez-vous? C'est votre famille, après tout.

– Vous êtes assez grands pour savoir ce qu'il faut faire, répondit le vieil homme, les traits tirés.

À ce moment, la porte s'ouvrit. Viviane entra, pâle mais sûre d'elle-même.

* * *

Viviane savait qu'on l'attendait. La façon dont on la regardait lui disait clairement qu'on avait parlé d'elle et pas de sœur Marguerite ou de tout autre sujet.

Pourquoi avait-elle peur? De quoi? Il s'agissait de sa famille, de gens qu'elle connaissait, parmi lesquels elle vivait encore. Ils n'étaient pas ses ennemis. Elle n'avait rien à se reprocher, et pourtant elle palpitait comme une bête prise au piège.

Elle sourit doucement, comme illuminée du calme des nuits étoilées. Ces gens devant elle, autour d'elle, elle les aimait.

– C'est une soirée très triste. J'aimais beaucoup sœur Marguerite. J'ai alors pensé à Léopold et à Martine. La vie continue, et c'est beau.

Comment parviendrait-elle à secouer ces statues enfoncées dans leur silence de mort? Elle secoua la tête, étrangement mélancolique.

– Je vais me coucher. Je vous souhaite une bonne nuit à tous.

Elle embrassa sa mère, qui ne bougea pas, frôla amicalement l'épaule de Josette et fit un signe de bonsoir aux autres. Elle s'apprêtait à gravir l'escalier quand une voix l'arrêta.

– Attends, dit Étienne, la voix enrouée, déterminée. Nous rentrons à Montréal. Viens avec nous.

– Non! s'exclama Raymond. Étienne, cela nous regarde. Nous n'allons pas laisser ces choses-là en suspens. Assieds-toi et finis ton café. Tu la ramèneras ensuite. Approche, Viviane. Il est trop tard pour fuir.

La jeune femme se raidit. Même lors de mauvaises rencontres, lorsque son cœur battait à se rompre, elle faisait face au danger. Allait-on enfin crever l'abcès? Ce serait une délivrance.

– Fuir, mon oncle? De quoi?

– Chacun est responsable de ses actes. Et de leurs conséquences.

Il employait ce ton en s'adressant à des clients endettés, enclins à laisser des comptes en souffrance.

– C'est vrai, dit Viviane. Mais je ne comprends pas... De quoi s'agit-il?

Raymond la dévisagea comme s'il se trouvait devant un escroc qui aurait voulu frauder sa banque. Il ressemblait à un boxeur qui étudie son adversaire en se demandant où il le frappera. Il avala une longue gorgée de gin, en réfléchissant.

Normand toussa. Il ne savait pas encore ce qu'il allait faire. Il tourna le visage vers ses frères, vers ses sœurs.

– Je vais te le dire, moi, de quoi il s'agit! glapit Yvette. Tu n'as pas le droit de ruiner la vie des autres!

Tu n'as pas le droit de tout briser autour de toi! Tu n'as pas le droit...

Elle se mit à sangloter. Viviane avança vers elle et lui mit les mains sur les épaules. Yvette la repoussa brutalement.

– Va-t'en! Oui, Étienne, emmène-la! C'est un monstre...

Viviane la contempla, interloquée. Comme Étienne faisait encore mine de se lever, Raymond l'arrêta et pointa le doigt en direction de Viviane.

– Tu as pu séduire tout le monde avec tes airs de sainte nitouche. Moi, j'ai quelques questions à te poser.

Son expérience professionnelle l'avait entraîné à ne pas se laisser berner par des airs ahuris, des regards de bête traquée, les pauvres excuses de ceux qui essaient de se dérober dès qu'on les met au pied du mur.

– Tu crois qu'un homme a raison de quitter sa femme après trente ans de mariage?

– Ce n'est pas une question...

– Réponds quand même! Ne fais pas l'innocente : tu sais qu'il s'agit de Gérard.

– Alors, Gérard connaît ses raisons. Pourquoi me demandes-tu cela à moi?

Gérard essaya de protester. D'un geste de la main, Édouard lui imposa le silence.

– La désobéissance des enfants, tu approuves cela?

Viviane baissa la tête, comme si elle contemplait le sol. On ne la laisserait pas s'esquiver!

– Je te parle de Madeleine! Je te parle de Brigitte! Je te parle d'Hubert! Et tu sais de quoi il s'agit!

Viviane redressa la tête. Frappé par son regard douloureux et immensément compatissant, Raymond détourna les yeux, en cherchant ailleurs un appui, comme s'il ne voulait pas être le seul à condamner cette femme récalcitrante.

– On te parle de morale, Viviane, précisa Édouard. Si tu sais encore ce que ça veut dire!

– On te parle de respecter la façon dont les autres veulent vivre, enchaîna André. La façon dont ils ont toujours vécu, en étant heureux.

La jeune femme eut l'impression que son oncle avait fait place au curé, que son cousin s'était déguisé en policier. Elle faisait face à des gens qui jouaient des rôles.

– Pourquoi, Viviane? demanda Normand. Nous t'avons accueillie à bras ouverts. Pourquoi t'es-tu acharnée à troubler la vie de tous?

– Mes enfants... bafouilla Mariette, larmoyante. Ils étaient si bien, avant!

– Tu as apporté le désordre, la confusion, la mésentente, dit Octave, la voix grave. Tu as brisé l'unité de la famille. Mais tu peux encore demander pardon.

Viviane ne songea pas à reculer, malgré cette cruelle certitude de se trouver dans la cage avec les tigres, des tigres énervés, prêts à bondir. Peut-être avaient-ils déjà décidé de son sort.

– Je ne comprends pas ces questions. Ce que je sais, c'est que chacun est libre de choisir la vie qu'il veut mener. C'est tellement beau, la vie! Voir les gens vivre, et vivre avec eux... Les aimer comme ils sont... J'ai parfois été aimée, moi aussi...

Elle regarda Octave dans les yeux.

– Vous avez fait une belle famille, grand-père. Je suis heureuse d'en faire partie. Je vous remercie tous d'être ce que vous êtes.

Une tristesse aiguë traversa le vieil homme. Lui aussi, il avait toujours éprouvé de l'affection pour Viviane. Il se sentait tellement troublé! Jadis, un de ses chiens s'attaquait aux veaux et courait ensuite à sa rencontre, les yeux doux, la queue battant de joie. Il avait dû le tuer avant qu'il ne fît trop de dégâts dans le troupeau.

– Pourquoi, mon enfant? murmura-t-il.

– Merci de m'avoir appelée votre enfant, répondit Viviane, doucement. Nous le sommes tous ici. Et toute cette vie qui a jailli de vous, et de vous aussi, grand-mère... C'est merveilleux. Qu'importe que les gens agissent d'une façon ou de l'autre! L'amour peut être plus fort que cela...

Cette lumière vive sur son visage, qui semblait émaner d'elle! Octave frémit, Ernest avait donc parlé! Viviane connaissait l'infâme secret de sa naissance! Après tant d'années...

Quelle difficulté à respirer, tout à coup!... Cette nuit terrible, il y avait si longtemps... À l'instant même où il relevait la jupe de sa fille, il se le reprochait. Des larmes avaient accompagné son plaisir. Ensuite, il s'était reproché son crime pendant toute sa vie. Il avait donné un fils à l'Église, en réparation. Il s'était confessé, il avait reçu l'absolution, il avait fait pénitence, sans jamais se pardonner sa faute à lui-même.

Et Viviane réveillait aujourd'hui ce cauchemar en supprimant son caractère abominable, en le reléguant parmi les incidents les plus futiles et les événements les plus heureux, comme si c'était la même chose. Elle lui disait qu'il n'avait eu aucune raison de se tourmenter pendant tant d'années pour un instant d'égarement.

Comme il comprenait ses enfants! Il savait juger les gens et ne discutait pas la bonté, la générosité de Viviane. Cependant, comment peut-on vivre, si nos fautes nous semblent illusoires? Et si Viviane n'y attachait pas d'importance, qu'est-ce qui la retiendrait d'en parler à sa mère? Octave ne pourrait jamais supporter que Solange sache la vérité. Il fallait effacer toute trace du crime, toute trace de la connaissance du crime.

— Je sais que tu ne veux faire du mal à quiconque, dit-il. Mais tu portes un poison en toi.

Il venait de la condamner. Blessée, Viviane chercha un visage ami et ne trouva que des ombres à travers ses yeux embués.

— Grand-père a raison, murmura Pierre, péniblement. Personne ne peut vivre comme toi. Et parce que tu es là, les gens essaient de te ressembler. Être vrais, être libres, compréhensifs, tolérants... Je vois les résultats...

— Qu'est-ce que tu vois? s'écria-t-elle, la voix brisée. Pourquoi trouves-tu déplaisant et insupportable que tes enfants se mettent à vivre? Ils choisissent ce qu'ils veulent. Moi, je n'ai jamais dit à personne ce qu'il devait faire.

— Je le sais bien, dit Ginette, la femme de Raymond, qui se trouvait près d'elle. Comprends donc... Tu es un oiseau. Parce que tu voles si bien, d'autres vont au bord du précipice et s'élancent dans les airs. Et ils n'ont pas d'ailes...

— De quoi avez-vous peur? demanda Viviane.

Furieux, Raymond se leva et s'approcha de la jeune femme.

– Moi, je n'ai pas peur de toi! Tu parles, tu parles, et c'est bien joli. On voit aussi ce que ça donne. Et ce que je vais te dire, moi, c'est de te mêler de tes affaires. Et je ferai en sorte que tu t'en souviennes très bien!

Il lui donna une gifle. Puis une autre, du revers de la main. C'est ainsi qu'il corrigeait sa femme quand l'alcool le rendait nerveux. Et il continua. Viviane, pâle, porta la main à sa mâchoire. Étienne se dressa subitement. La violence l'horripilait. Comment affronter tout le monde? Normand l'agrippa et le repoussa dans son fauteuil.

– Non, dit-il. Cela, c'est entre nous.

Il écarta Mariette et Marthe, qui tentaient de le retenir, et s'arrêta devant Viviane.

– Tu te souviens du jour où tu es venue ici? Tu vois dans quel état tu laisses la famille qui t'a hébergée? Moi, je n'accepte pas!

À son tour, il lui donna une paire de gifles. Il tremblait. Viviane baissa la tête, le visage dans les mains. Un filet de sang glissait de sa narine.

– Je...

Elle ne parvint pas à articuler. Essayait-elle encore de les emberlificoter, de nier sa culpabilité? Irrité, exaspéré, Normand lui empoigna les cheveux, en lui tenant la tête droite.

– Non, plus de mots! Cette fois, tu vas apprendre à te taire!

Il lui assena un coup de poing sur la joue, et un autre sur les dents.

Solange cacha son visage dans ses mains, le corps secoué de frissons, en essayant de retenir ses larmes. Josette, Pierre, Gérard, sidérés, semblaient se con-

sulter, chercher de l'aide. Que quelqu'un arrête cela!
Octave ne bougeait pas.

– Qu'on lui laisse au moins demander pardon,
suggéra Édouard.

Viviane, les mains sur les tempes, se tourna vers
lui. Ses lèvres ensanglantées tremblaient convulsivement. Marthe, Ginette et Pierre, livides, se levèrent.
André les devança.

– Sortez si vous voulez, ne vous mettez pas dans
le chemin. Moi aussi, j'ai un souvenir pour elle.

Il la frappa violemment dans le ventre. Viviane,
les gestes désordonnés, essayait de parer les coups.
Normand et Raymond la saisirent par les épaules, pour
l'empêcher de s'échapper. André continua à cogner. Il
avait souvent fait ce cauchemar, seul, nu, roué de
coups par des camarades qui auraient surpris ses ten-
dances homosexuelles. En s'acharnant sur la jeune
femme, il combattait le monstre qu'il croyait porter en
lui.

Il s'arrêta enfin, à bout de souffle.

– C'est assez! Arrêtez! Arrêtez! cria Ginette, hys-
térique.

– S'il te plaît, André... murmura Solange, qui se
trouvait à côté de lui.

– Elle est la branche pourrie de la famille, grogna
André. Il est temps de faire le ménage.

Solange éclata en sanglots. Pierre, le visage blanc,
se plia en deux, en comprimant son ventre. Incapable
de supporter la brutalité, la vue du sang le rendait
malade. Il fila, hagard, vers la salle de bains. Ginette
demeurait immobile, terrifiée. Même très saoul, jamais
son mari ne s'était montré aussi brutal. Étienne se

disait qu'il devait vraiment intervenir. On lui avait fait savoir à deux reprises qu'il n'avait pas à se mêler de cette scène de famille, mais cet excès de cruauté dépassait les bornes.

Normand, qui retenait encore Viviane, sentit dans ses frissons qu'elle tentait de s'arracher à sa prise. Il lui porta un coup de genou dans les reins, pour l'empêcher de se débattre.

— Ça suffit, dit Octave, calmement.

Raymond regarda son père. Quand ce dernier battait ses enfants, à l'époque où cela se faisait, il mettait fin à la punition en affichant l'air grave que lui donnait la certitude d'avoir accompli un devoir désagréable mais nécessaire. Raymond lâcha la jeune femme, sans oublier de lui assener un violent coup de coude à l'endroit du cœur avant de s'éloigner. Viviane s'écroula lourdement, comme un pantin désarticulé. Normand contempla le corps, qui tremblait encore.

— Une ordure, décréta-t-il.

Il lui donna brutalement un coup de pied, comme pour en finir. André fit de même, plusieurs fois, puis s'écarta.

— Éteignez la lumière, demanda Mariette. C'est horrible... Que quelqu'un éteigne la lumière!

Octave s'approcha du commutateur, à deux pas de lui. Il ne fonctionnait pas.

On se regardait, embarrassés. Était-on allés trop loin?

Viviane se redressa, péniblement. Sur ses bras d'abord, puis sur ses genoux. Enfin debout, elle regarda autour d'elle, à gauche, à droite. Le visage en sang, les vêtements déchirés, elle tituba comme une somnambule.

Elle se mit à marcher, au hasard, d'un pas machinal, de plus en plus rapide, comme si elle allait tomber.

Yvette pâlit. La jeune femme se dirigeait vers elle, le visage défait, un fantôme grotesque, sanglant, halluciné.

— Elle va m'attaquer! cria Yvette.

Instinctivement, elle saisit un tisonnier et frappa la jeune femme en plein front, pour l'arrêter.

Viviane poussa un hurlement et s'effondra.

* * *

Germaine, qui avait suivi la scène sans trop comprendre de quoi il s'agissait, demanda :

— Est-ce qu'elle a volé quelque chose?

— Ne t'occupe pas de ça, dit Octave, rassurant.

Sidérés, les autres contemplaient Viviane, qui ne bougeait plus. Yvette tenait encore le tisonnier dans la main. Elle le remit à sa place, mal à l'aise, mais aussi soulagée.

— J'espère que vous ne l'avez pas tuée, murmura Étienne, blême.

Un sentiment d'horreur se propagea des uns aux autres. Tout s'était passé si vite! Ceux qui n'étaient pas intervenus, par lâcheté, ou paralysés d'horreur, se regardaient, épouvantés. Les autres, qui pensaient administrer une solide correction à la jeune femme, ne croyaient pas encore avoir manqué de mesure.

— Elle a eu ce qu'elle méritait! riposta Normand, encore furieux.

— Je n'approuve pas la violence, dit Édouard, à voix basse, calmement. Il n'est pas permis à l'homme de se faire justice soi-même. Cependant, il arrive que Dieu se serve des hommes pour imposer Sa justice.

– Tu as bien raison, approuva Raymond, lentement.

Les paroles de son frère curé avaient jailli comme une justification. Normand hocha la tête, lui aussi.

– Vous êtes une bande d'écœurants! s'écria Gérard.

Il se pencha sur le corps inerte. Josette le rejoignit, les yeux rouges. Solange prit la main de Viviane dans les siennes, en pleurant. Marthe et Mariette hésitaient à toucher la jeune femme, craignant d'aggraver ses blessures en la secouant.

– Qu'est-ce que vous avez fait? Viviane!

Jeanne dévala l'escalier. Elle avait entendu le bruit, les cris, et s'était rhabillée en vitesse. Mais la scène n'avait duré que quelques minutes.

Agenouillée près du corps inanimé, elle fondit en larmes. Que s'était-il passé? Elle avait pourtant pressenti que quelque chose d'atroce arriverait. Comment avait-elle pu s'endormir?

– Elle respire, Dieu merci, dit Gérard.

Pierre venait de le rejoindre. Il avait vomi et affichait encore un visage décomposé.

– Aide-moi.

Gérard saisit Viviane par les épaules, en prenant soin de retenir la nuque. Pierre lui souleva les jambes et ils portèrent doucement la jeune femme jusqu'à sa chambre, à l'étage. Jeanne et Josette ouvrirent le lit.

– Merci, dit Josette. Maintenant, sortez. Laissez-nous avec elle.

– Pourquoi? demanda Jeanne, la voix étranglée.

Elle ne s'attendait pas à une réponse. Viviane respirait difficilement, par la bouche, en faisant des bruits rauques. Josette alla chercher dans la salle de bains une serviette humide qu'elle posa sur le visage de la jeune femme, pour éponger le sang.

La fraîcheur ranima Viviane. Elle ouvrit les yeux, qu'on apercevait à peine sous les paupières tuméfiées. Un gros caillot de sang lui obstruait les narines.

Elle sourit en reconnaissant Jeanne et Josette. C'était donc fini? Que tout était devenu paisible! Le bonheur de se sentir encore vivante ne faisait qu'effleurer un profond désespoir, comme une brise ensoleillée sur l'eau froide du lac.

— J'étouffe, murmura-t-elle. Mes vêtements me font mal.

Jeanne essaya de soulever son épaule pour lui retirer sa blouse. Viviane grimaça de douleur. Josette trouva des ciseaux dans le tiroir et entreprit de couper les vêtements. Viviane soupira, soulagée.

— C'est mieux.

Horrifiée, Jeanne découvrait les marques des coups. Elle se rappelait ce beau corps, au début de l'été, lorsque Viviane lui expliquait les gestes de l'amour. Et maintenant, ces bleus, ces éraflures, les traces sanglantes de la brutalité des gens...

— Je vais chercher de la pommade.

— Ce n'est pas la peine, dit Viviane, doucement. Il est trop tard. Comme c'est dommage...

On frappa légèrement à la porte. Josette alla ouvrir. Hubert, enfin de retour, Pierre, Solange et Étienne attendaient, ébranlés.

— Comment se sent-elle?

— Dis-leur d'entrer une seconde, murmura Viviane.

Jeanne la recouvrit du drap et fit signe aux autres de s'approcher. Ils restèrent longuement silencieux, incapables de retrouver sur ce visage brisé l'image de

Viviane. Ils frémirent en contemplant la marque du tisonnier. L'entaille béante, qui ne saignait plus, coupait le front en deux. Quand la jeune femme ouvrit enfin les yeux, ils reconnurent son regard.

— Ne pleurez pas sur moi, dit Viviane, d'une voix lente, à peine audible. Tout ce qui est vivant doit mourir, c'est tout. Vous, continuez à vivre, aussi bien que vous le pouvez. Surtout, dites à Octave, à Édouard, aux autres, que je ne leur en veux pas.

— Ce n'est pas possible! s'exclama Hubert, à voix basse. Qu'est-ce qui s'est passé? Est-elle tombée?

Pierre posa un doigt sur ses lèvres. Il aurait bien le temps de lui expliquer, plus tard. Étienne blêmit à la pensée que la jeune femme pouvait mourir. On ne meurt pas de coups reçus! Avaient-ils atteint des organes vitaux?

— Approche, Josette, demanda Viviane. Je ne peux pas parler très haut. Tu trouveras mon adresse dans un carnet noir à l'intérieur de mon sac à main. J'avais loué l'appartement à partir de septembre. J'ai payé un mois d'avance, ne le réclame pas. Dis au concierge que j'ai changé mes plans. Maman...

Solange s'approcha, les yeux en larmes.

— Maman, tu diras à Octave qu'il a été le meilleur grand-père. C'est grâce à lui que j'ai eu une aussi belle enfance, au bord du lac, avec tout le monde. Je ne t'ai jamais dit combien je t'aimais, toi aussi. Tu diras merci à Étienne. Il a tellement fait pour moi! Prenez bien soin de Jeanne. Si vous m'aimiez, ajoutez cet amour à celui que vous lui portez.

La voix à peine audible, les yeux comme des points de lumière sous les paupières gonflées, la jeune femme parlait lentement, quoique sans hésitation.

– On ne peut pas la laisser comme ça, bafouilla Étienne. Il faut la soigner...

– Hubert, Pierre... Je suis contente de vous voir, je suis contente que vos visages soient en ce moment autour de moi. Ne vous rendez pas malheureux inutilement. C'est en étant heureux que vous apporterez du bonheur aux autres. Il y a toujours si peu de temps à vivre! Il n'est pas nécessaire de raconter ce qui s'est passé ce soir. Je voudrais être incinérée, sans aucune cérémonie. Si on peut se servir de mon cœur, de mes reins, de mes yeux, qu'on le fasse. Dites à tous que je suis repartie en voyage, que je n'ai pas voulu dire adieu, que je pense toujours à eux.

Sa main avança le long du drap. Elle saisit Jeanne par le poignet et attira sur elle la main de la jeune fille, qu'elle posa sur sa poitrine.

– Dans mon carnet noir, il y a deux reçus d'entreposage. L'adresse de la compagnie doit être indiquée. C'est une valise et une malle. Des livres, des souvenirs... Tout est pour toi. Choisis cependant la plus belle pièce et donne-la à Josette. Remets aussi à Mariette la clé de sa voiture. Tu la remercieras, elle a été très gentille. Ce n'est pas de sa faute si...

Elle ferma les yeux, épuisée. Atterrée, Jeanne prit son poignet. Son pouls battait toujours.

Viviane regarda droit devant elle, comme si elle voyait quelque chose de très clair et de très beau. Ces dons triviaux de tout ce qu'elle possédait, ces mots d'amour pour les gens qui lui étaient proches... Il y avait autre chose à dire, qui lui semblait important.

– C'était tellement bon, vivre... murmura Viviane. Tant de choses belles, partout... Vous aussi... Toi, Jeanne... Je suis fatiguée...

Viviane ne bougeait plus. Sa respiration soulevait le drap comme un vague frisson sur une surface tranquille. Josette et Jeanne demandèrent aux autres de se retirer. Elles restèrent toutes deux auprès de Viviane pour veiller sur son repos, en silence, le cœur lourd.

* * *

Solange, Étienne, Pierre et Hubert descendirent les escaliers en faisant le moins de bruit possible.

– Alors? demanda Mariette. Comment se sent-elle?

– Ce n'est pas trop grave, j'espère, dit Marthe, la voix enrouée.

– Doit-on appeler un médecin? s'enquit Gérard.

Pierre secoua la tête. Il voulait dire que ce n'était plus la peine, qu'il était trop tard. On crut qu'il répondait à la question de Gérard.

– C'était tellement étrange! murmura-t-il. Comme des dernières instructions, si futiles... Son appartement... La clé de la voiture...

Roger l'écoutait, sombre, enfoncé dans un fauteuil. De sa chambre, il avait presque tout entendu, et les coups qu'on portait à Viviane l'atteignaient à chaque fois. Pourquoi avait-il hésité, pourquoi ne s'était-il pas précipité au secours de la jeune femme? Quand il était descendu, la tragédie était finie. Il s'enfonça alors dans un silence de pierre. Sa tante Ginette lui apprit en quelques mots l'issue de la scène. Terrassé, il se disait que la même chose pourrait lui arriver. Le monde n'est pas doux pour les marginaux. Et il se reprochait de penser à lui plutôt qu'à Viviane.

Solange regarda son père, les yeux défaits. Octave attendit, comme on s'apprête à recevoir le verdict.

– Elle a dit que tu as été le meilleur des grands-pères. Elle a dit qu'elle ne vous reprochait rien, à personne... Elle a dit...

Elle se passa la main sur le visage. Comme elle se sentait épuisée, tout à coup!

Octave, qui ne devait pourtant plus toucher à l'alcool, se servit un peu de scotch. Viviane n'avait pas parlé, elle ne l'avait pas trahi, elle avait fait pire, en lui pardonnant, en pardonnant à tous, elle leur disait éternellement qu'ils avaient commis un crime.

Non, il n'acceptait pas ce pardon! Que s'était-il passé, jadis? Solange avait seize ans. Depuis déjà deux ans, il la désirait intensément. Si belle, la chair tendre, à peine nubile... Tous ces efforts pour ne pas la regarder, ne pas penser à elle... Les images revenaient toujours dans ses rêves. La prière ne les éloignait pas. Il avait fini par céder à cette monstrueuse tentation. Comment ne pas y voir l'œuvre du démon?

Il avait eu raison! La douceur diabolique de Viviane le poursuivrait toujours, comme une malédiction qui durait depuis sa conception même, ce soir terrible où il avait pris sa propre fille dans ses bras. Le meilleur grand-père! Quelle blague! Viviane, l'ange maudit, bafouait encore les lois les plus élémentaires.

– Je ne veux pas savoir qui a fait cela, dit Hubert, les dents serrées. Vous vous êtes conduits comme des brutes. Ceux qui l'ont frappée, et ceux qui n'ont rien fait pour empêcher cette horreur.

– Nous avons fait ce qu'il fallait faire, déclara Octave, sèchement. Personne ici n'a rien à se reprocher.

Oppressé, Roger se leva, péniblement. Plus rien ne le rattachait aux gens qui l'entouraient.

— Nous avons été guidés par une force supérieure, ajouta Édouard. Vous pouvez avoir la conscience en paix. Vous avez été les instruments d'une justice fondamentale, qui nous dépasse tous, grâce à laquelle nous pouvons vivre comme des êtres humains.

Il était prêtre et il était leur fils, leur frère, leur oncle. Comment auraient-ils mis ses paroles en doute?

— Il n'est jamais agréable de noyer un chat, dit Raymond. C'est cependant ce qu'il faut faire, quand on sait qu'il a la rage.

Même si ce n'est pas sa faute d'avoir attrapé la rage.

Si quelqu'un avait raison, c'était bien lui. On connaissait sa droiture et son sens aigu des responsabilités professionnelles.

— C'est juste, approuva André. Il faut avant tout penser aux autres. Je suis très tolérant, vous le savez. Je comprends qu'on commette parfois des petites infractions. Par contre, quand la paix générale est menacée, il faut agir. Moi, j'ai pris parti pour l'ordre familial, et je ne regrette rien.

Démuni, Hubert baissa la tête, comme si on lui avait posé un poids trop lourd sur les épaules. Comment parler à des aveugles, à des sourds?

— Et si elle en meurt? Si vous l'avez tuée? murmura Pierre.

Chacun y pensait, sans oser l'admettre. Normand haussa les épaules.

— Quelques gifles ne tuent personne. Une bonne nuit de sommeil et elle sera sur pied.

Pierre le dévisagea, incrédule. Quelques gifles? L'inconscience nourrit l'oubli, sans effacer la réalité.

– Il est tellement tard! s'exclama Étienne. Vraiment, nous devons rentrer. Qu'est-ce qu'on fait, chérie? On ramène Viviane, comme prévu?

Ils dressèrent la tête en entendant du bruit, à l'étage. Josette descendit, extrêmement grave.

– Je suis très préoccupée. Elle respire à peine, et de plus en plus difficilement.

– Appelons un médecin, insista Gérard.

– Non, dit Normand, fortement.

Il remarqua des taches rouges sur le tapis. Comment enlève-t-on des traces de sang? Il faudra tout nettoyer, et arracher ce souvenir de leur mémoire.

– Je ne veux pas de scandale dans ma maison. Comment expliquerait-on à un médecin ce qui s'est passé? Je sais, comme dit le père, que nous avons eu raison. Qui le comprendrait, s'il n'a pas connu les cauchemars que cette femme nous a fait vivre?

– Le cauchemar, c'est ce soir! s'écria Roger. Le cauchemar, c'est vous tous!

Il enfonça son visage dans ses mains. Entre ses doigts, ses yeux hagards luisaient comme une terrible condamnation.

– Je ne veux pas de scandale, répéta Normand. C'est clair?

– Si on ne fait rien, lança Josette, exaspérée, elle va mourir ici, et ça ne tardera pas! Tu auras autre chose à expliquer! Et pas à un médecin!

– Nous l'emmenons, décida Étienne.

– Je vais t'aider, dit Pierre. On prendra ma voiture, elle est plus spacieuse à l'arrière.

Ils suivirent Josette jusqu'à la chambre de Viviane. Octave fit signe à Édouard, à Raymond, à Normand et à André. Ils se mirent à l'écart. Hubert les rejoignit, méfiant.

— C'est peut-être plus sérieux qu'on le croyait, dit Octave. André, tu conduiras Viviane à l'hôpital. Tu iras seul, inutile d'attirer l'attention. Tu diras n'importe quoi, qu'elle a dégringolé dans l'escalier, qu'elle a fait une mauvaise rencontre... Tu es policier, on ne mettra pas ta parole en doute.

— Surtout, ajouta Édouard, je vous assure que vous n'avez rien fait qui doive vous donner mauvaise conscience. Il y a des devoirs très difficiles à accomplir. Vous avez fait ce qui devait être fait.

Il disait «vous», comme s'il se dégageait d'avance de toute responsabilité.

Ils levèrent les yeux. Viviane se tenait au haut de l'escalier, soutenue par Pierre et par Gérard. On lui avait fait revêtir un peignoir de flanelle, léger, très chaud, et des pantoufles confortables. Elle descendit elle-même les marches, en s'agrippant à la rampe. Jeanne et Josette la suivirent, inquiètes. Josette tenait encore à la main la serviette dont elle s'était servie pour éponger le visage de la blessée.

Viviane lâcha la rampe, fit deux pas en direction du salon, et s'écroula. Jeanne et Pierre se portèrent à son secours. Elle leur sourit, péniblement, et se redressa.

— André te conduira à l'hôpital, annonça Octave.

Pierre et Gérard voulurent protester. Le vieil homme les arrêta du regard, durement.

— Il vaut mieux confier cette tâche à André. Si vous y alliez, elle risquerait de passer des heures au service des urgences en attendant qu'on s'occupe d'elle. André présentera sa carte de policier et obtiendra pour elle des soins immédiats.

C'était raisonnable. Hubert demanda néanmoins à Viviane si elle était d'accord.

— De toute façon, dit-il, nous allons vous accompagner.

Sans répondre, Viviane s'approcha de Jeanne et la serra dans ses bras.

— C'est bon que tu sois la dernière personne... murmura-t-elle.

Elle avait mal partout, à la tête, à la poitrine, au foie, dans tous ses membres. Son cœur battait par saccades, comme une lampe qui menace de s'éteindre. Elle regarda André, fit quelques pas, et tomba.

Pendant qu'on aidait la jeune femme à se relever, Raymond s'approcha d'André.

— Il vaudrait peut-être mieux qu'elle ne soit pas examinée, glissa-t-il.

— Mais l'hôpital...?

— C'est déjà inutile, murmura Raymond. L'essentiel, c'est d'éviter le scandale.

— Demain, je boucherai le trou de la fosse septique, ajouta Normand, à voix basse.

Viviane s'arrêta dans l'embrasure de la porte. Une peur atroce la traversa, cruelle, incisive. Un violent mal de tête l'empêchait de réfléchir clairement. Il lui semblait qu'elle se désagrégeait.

Que venait-on de lui dire? Qu'elle devait se rendre à l'hôpital, qu'André allait l'y conduire... Pourquoi lui? Pourquoi ne la laissait-on pas mourir en paix?

Cette pensée la glaça. Elle ne voulait pas mourir. Dormir, juste dormir...

— Viens, dit André, en lui tendant le bras.

Viviane se tourna du côté du salon. Elle leva la main et parut caresser de loin quelques visages, Josette, Roger, Pierre, Hubert.

– Merci pour la vie...

Elle reconnut Jeanne. Elle, encore elle, la plus douce, la plus limpide...

– Le tennis... murmura-t-elle, en souriant. C'était beau, n'est-ce pas?

Des larmes plein les yeux, Jeanne comprit l'allusion.

– Oui, Viviane.

– Approche, demanda Viviane, la voix faible. Une dernière chose... Que tes amours soient toujours vivants, et que ta vie soit tout amour... Merci pour la beauté... la tendresse... pour avoir été... ce que tu as été...

Elle saisit doucement dans ses mains le visage de sa demi-sœur et l'embrassa sur la bouche.

– Viens, répéta André.

Viviane s'appuya sur son bras et le suivit en direction de la voiture.

Normand ferma aussitôt la porte.

– Nous allons avec elle, rappela Pierre, en essayant d'écarter son frère.

– Attendez un instant! ordonna Normand, sèchement. Écoutez-moi bien, ce qui s'est passé ce soir vous regarde tous. Il y a des moments où il faut punir. Où il faut punir des êtres que nous aimons. Ce n'est jamais par plaisir. Il y a eu un accident. Yvette n'a jamais voulu frapper Viviane. Vous le savez tous, et vous l'avez tous vu!

– Elle a eu sa leçon, conclut Édouard. Le reste appartient à Dieu.

La voiture d'André démarra. Pierre pâlit.

– Où l'emmène-t-il? s'exclama Hubert.

– À l'hôpital, tu le sais bien!

– Allez, laisse-nous passer! cria Gérard.

Normand se croisa les bras. Beaucoup plus fort qu'eux, il ne se laisserait pas écarter.

– C'est inutile, affirma-t-il. Il faut maintenant s'occuper de réparer ce qui a été brisé. Dans la vie de chacun.

– Oubliez ce qui est arrivé, ajouta Octave, sur un ton définitif. N'en parlez jamais. C'était un cauchemar, et le cauchemar a pris fin.

On ne voyait plus les feux de la voiture. Comment la suivre maintenant, comment savoir où elle se dirigeait?

– Un jour, quand elle sera rétablie, Viviane donnera sans doute de ses nouvelles, dit Raymond, froidement. En attendant, rentrons chez nous, et laissons cette histoire de côté.

Jeanne remarqua que Josette gardait toujours à la main la serviette humide. Elle l'ouvrit et sentit un point dans le cœur en reconnaissant sur le linge, marquée par le sang et les larmes, l'empreinte des traits de Viviane.

* * *

André jeta un coup d'œil incertain du côté de Viviane. Il avait lui-même bouclé la ceinture de sécurité et la jeune femme se tenait droite, la nuque appuyée sur le dossier. De temps en temps elle grelottait, convulsivement.

Devait-il vraiment la conduire à quelque hôpital? Il se remémorait les propos de Normand, de Raymond, d'Octave, d'Édouard. Ces instructions, à demi-mot... Les événements s'étaient enchaînés, un geste en avait entraîné un autre, et on lui avait confié le dernier acte.

Même si la punition infligée à la jeune femme avait sans doute dépassé les limites, il ne reculerait pas.

Il n'éprouvait aucune pitié, ce qu'elle avait reçu, elle l'avait cherché. Son manque de résistance n'effaçait pas la perfidie de son comportement. Avant son retour, tout allait bien. Aujourd'hui, son propre père décidait de quitter sa mère, l'oncle Raymond faisait face à des révoltes au sein de sa famille, Pierre et Marthe avaient perdu le contrôle de leurs enfants, ses cousins Roger, Hubert et Josette affichaient sans honte leurs désirs vicieux, l'unité du clan se désagrégeait. Viviane avait été si proche de tant de personnes – la jeune Aline, Jeanne, son frère Hugues, impliqué dans le trafic de drogues, sa tante Mariette... – qu'André présageait d'autres catastrophes encore. L'influence néfaste de la jeune femme se manifesterait bien souvent au cours des années suivantes. Au moins, ils avaient extirpé la source du mal. Ils devraient surveiller les autres, jusqu'à ce que tout rentre dans l'ordre.

Il quitta la route principale et s'engagea sur le chemin du lac. À un kilomètre du chalet, on trouvait un lac mort, un petit marécage que personne ne fréquentait, sauf lors de la chasse au canard. Il suffirait d'y plonger la jeune femme, qui ne résisterait pas, dans l'état où elle se trouvait. Si jamais on la découvrait, on croirait à une noyade. Il pourrait aussi couvrir son corps de grosses roches, qui traînaient en abondance près du chalet.

André ne songeait nullement qu'il pouvait commettre un meurtre. À la rigueur, il s'agissait de ne pas prolonger une agonie. On avait voulu administrer à Viviane une correction bien méritée. Il y avait eu un dérapage, trop de sévérité dans la punition, et Yvette

avait probablement, et accidentellement, porté le coup
fatal. Lui, il était policier, il représentait la loi, il per-
sonnifiait la loi. En se débarrassant de la victime, il
devenait simplement, comme l'avait si bien dit Édouard,
le curé, l'instrument de la justice divine.

– Nous n'allons pas à l'hôpital, n'est-ce pas? murmura Viviane.

– Nous allons là où nous devons aller.

Elle parlait. Donc, elle était lucide, ce qui compliquait la situation. Faire marche arrière, tenter de la
sauver? Et tout recommencerait... Non, il fallait aller
jusqu'au bout. Résisterait-elle? André sentait encore
dans ses poings et dans ses bras l'exaltation éprouvée
en la frappant. Il la regarda, durement. Cette vipère...
Il l'imaginait facilement en train de conseiller à Gérard
d'abandonner les siens et de suggérer à Hugues qu'il
n'y avait aucun mal à vendre des drogues à l'école
pour se payer ses logiciels. Qu'avait-elle pu faire croire
à ses deux sœurs, Marie-Rose et Lucie? Et sa femme,
Maryse... Viviane lui avait parfois parlé... Il faudrait
faire attention, déceler les moindres traces de désordre...

Cette femme s'était montrée tellement efficace,
dans sa façon insidieuse! Jusqu'à lui arracher les
aveux les plus humiliants sur cette homosexualité qu'il
combattait, qui l'attirait et lui répugnait... Et cette hypo-
crite parlait de la beauté d'aimer! Pourtant, quand il
avait voulu coucher avec elle, elle l'avait repoussé.

– André... Je voulais te dire... leur dire...

Elle respirait lourdement, comme une personne
qui se noie et avale un peu d'air avant de s'engouffrer à
nouveau dans l'eau.

– Les gens... C'est comme un grand jardin, une
forêt... Toutes sortes de plantes, de fleurs, d'arbres... Il

ne faut pas reprocher aux gens leurs différences... Il faut s'en réjouir...

– Tais-toi. Tu te fatigues pour rien.

Une image terrible le traversa, sa mère Yvette, le tisonnier à la main... C'est elle qu'on accuserait du meurtre. Les autres aussi seraient condamnés, comme complices. C'était insoutenable, un scandale qu'il fallait éviter coûte que coûte.

– On ne doit pas en vouloir à quelqu'un d'être ce qu'il est... Il y a de la place pour toutes les fleurs... J'ai aimé toutes les fleurs...

Divaguait-elle? André ne comprenait rien à ce qu'elle racontait. Si elle avait dit qu'on ne devait pas reprocher à quiconque d'avoir une autre couleur de peau, d'autres désirs, une autre langue, d'autres croyances, d'autres opinions, il aurait été d'accord, puisque la loi condamne toute discrimination arbitraire. À l'abri dans sa bonne conscience, il gardait la conviction rassurante du devoir accompli. Alors, ces histoires de fleurs... Heureusement, ils approchaient déjà du chalet. Le chemin s'arrêtait là. Il devrait conduire la jeune femme jusqu'au marais, en suivant le sentier qui longeait le lac.

– Je sais, il y a des fleurs vénéneuses, des bêtes carnivores, des gens cruels, mauvais... J'ai quand même vécu. J'ai été heureuse. Je... Ce n'était pas facile... Je suis en paix avec le monde. En paix avec moi-même... Je vois des visages... J'aime...

L'amour? André sourit. Pourquoi pas? En manœuvrant le volant d'une main, il posa l'autre sur la cuisse de la jeune femme. Au fond, ce serait un geste de miséricorde, un dernier frisson, et l'étrangler sans qu'elle s'en rende compte.

Il la caressa doucement, en entrouvrant le peignoir. Si douce, si chaude sous sa main! Le désir monta en lui, brusque, puissant.

Arrivé au chalet, il éteignit les phares. La lune les éclairait d'une lumière diffuse, presque timide, qui se dissipait dans l'ombre.

Viviane s'était écroulée, retenue par la ceinture qui lui traversait la poitrine. Il lui secoua l'épaule. Elle ne réagit pas. Il sortit, ouvrit la portière, dégagea la sangle et tira Viviane de la voiture. Dès qu'il la lâcha, elle tomba.

Il se pencha sur elle. Son pouls ne battait pas. Il écarta son peignoir et colla son oreille sur sa poitrine.

– Viviane! murmura-t-il. Viviane!

Rien. Il lui leva le bras, qui retomba aussitôt.

Son désir ne l'avait pas quitté. Il la sentait dans ses bras comme une femme endormie. La pensée qu'elle fût morte ne le traversa pas. Il s'aveuglait volontairement, en trouvant qu'il s'agissait plutôt d'une bonne idée, une femme battue à mort, violée, au bord d'un marécage éloigné de tout...

Il défit sa ceinture et s'étendit sur elle. Puis il s'arrêta. Il était policier, il savait qu'il y aurait une enquête. Quelqu'un parlerait. On peut toujours identifier du sperme.

En finir. Ne plus perdre de temps. Son métier le portait aux décisions rapides. Ce corps inanimé ne différait pas de ceux dont il devait s'occuper à l'occasion d'accidents de la route. Il avait déjà manipulé des cadavres. Pourquoi la traîner jusqu'au vieux lac? Normand lui avait déjà suggéré comment se débarrasser du corps : demain, avait-il dit, il remplirait le trou creusé pour la fosse septique, de peur que quelqu'un n'y tombe par accident.

André alluma son briquet et passa la flamme sous le bras de la jeune femme, sans susciter la moindre réaction.

Il la souleva et la déposa dans la fosse. Tranquillement, en prenant une à une les pierres enlevées lors de l'excavation, il recouvrit le cadavre. Il ajouta plusieurs couches, au cas où il pleuvrait. Demain, il appellerait Normand et ils combleraient le trou, définitivement.

En atteignant sa voiture, il aperçut un chien, très grand, une sorte de chien-loup. À qui appartenait-il? Il ne le reconnaissait pas.

Il jeta un coup d'œil du côté du chalet voisin. Ernest dormait sans doute, autrement on apercevrait de la lumière à travers les arbres. Il n'y avait que la clarté de la lune et ce chien qui l'observait.

André songea à prendre son fusil dans le coffre de la voiture. Non, un coup de feu attirerait l'attention. De toute façon, un chien ne témoigne de rien, et celui-ci ne semblait pas menaçant. Avec toutes les roches dont il avait recouvert le cadavre, aucune bête ne pourrait le déterrer. Demain, le bulldozer nivellerait le terrain.

Le chien s'éloigna. André monta dans sa voiture et démarra.

Chapitre V

L'AUBE

QUELQUES semaines plus tard, Hubert quittait silencieusement sa chambre. On savait qu'il allait s'établir à Montréal, il avait déjà emporté presque tous ses effets personnels. Il ne voulait pas dire adieu. Il consulta sa montre : déjà cinq heures. Son père se réveillerait bientôt. Il prit sa dernière valise et gagna sa voiture.

Madeleine aussi abandonnait les siens sans dire au revoir. Elle comptait sur sa sœur Louise, au courant de ses intentions, pour récupérer plus tard ce qu'elle laissait derrière elle. Louise se chargerait d'annoncer la nouvelle à leurs parents, en prétendant que Madeleine avait pris sa décision durant la nuit. La jeune femme saisit sa mallette et sortit dans le matin froid. Hubert l'attendait au coin de la rue.

Ce départ nocturne, prémédité, exprimait un profond sentiment de révolte et de refus. Hubert disait à son père, et Madeleine au sien, qu'ils ne méritaient pas la courtoisie d'un adieu, ni d'une explication. La brusque disparition de leurs enfants constituerait pour eux un reproche amer et définitif.

Ils s'embrassèrent. En passant devant le salon de coiffure, Madeleine haussa les épaules. Elle avait déjà pris ses dispositions pour liquider l'affaire. Son père ne parviendrait pas à lui créer de difficultés. Elle s'était associée à un autre salon, dans le nord de Montréal, qui cherchait à s'agrandir.

– Je suis heureuse de partir comme ça, sans le dire à personne. Même si je crois que Viviane, elle, aurait eu le courage d'affronter tout le monde.

– Viviane nous aurait dit de faire ce qu'on croit devoir faire. Pour nous, c'est la meilleure façon.

La tristesse leur sécha la gorge en évoquant leur cousine. Tout n'était pas clair. D'après André, en arrivant à l'hôpital, Viviane était déjà morte. On avait récupéré ses organes vitaux et incinéré le corps, conformément aux dernières instructions de la jeune femme. André avait prétendu qu'il l'avait trouvée au bord de la route, sans doute renversée par un chauffard. L'inconnue ne portait pas de documents sur elle. On avait prélevé ses empreintes digitales et des signes d'identification dentaire et on avait pris plusieurs photos. La police disposait de ces renseignements, dont elle se servirait si jamais on signalait la disparition d'une jeune femme.

Plusieurs accueillirent l'histoire avec scepticisme. L'examen médical le plus sommaire aurait montré que la victime avait été battue, et la police aurait fait plus d'efforts pour établir son identité. Que pouvait-on faire, cependant, sinon accepter cette version? On voulait oublier la soirée sordide, l'horrible punition, l'acharnement criminel des uns et la lâcheté, la complicité tacite des autres. Personne ne songeait à s'en remettre aux autorités, à dénoncer un père, un oncle, un frère, un cousin. Viviane était morte. Elle avait disparu aussi brusquement qu'elle était venue, en laissant aux uns le souvenir ensoleillé d'un extraordinaire été, et aux autres, les ravages d'une fin du monde.

Les semaines avaient consolidé le bilan de la tragédie. Le vieil Octave et ses enfants, qui avaient cru raffermir leurs liens familiaux en se débarrassant de la jeune femme, avaient fini par tout perdre. Ceux qui avaient aimé Viviane ne parlaient plus à ceux qui s'étaient ligués contre elle. À la ferme, Normand se sentait isolé, rejeté. Raymond, le banquier, voyait souvent dans le regard de sa femme qu'il lui inspirait de l'horreur. On évitait de rencontrer André, le policier, soit par hostilité devant son rôle dans la tragédie, soit de crainte d'entendre la vérité que tous soupçonnaient. Yvette, abandonnée par Gérard, passait de longues heures à l'église. Bouleversée par le souvenir d'avoir sans doute porté le coup fatal, elle se disait qu'ils avaient tué une sainte, ce qui horrifiait Édouard, le curé. Quand il allait voir son père, Octave le recevait froidement, ébranlé par ce dernier drame dans une vie qui n'en avait pas manqué. Le patriarche, qui avait cru protéger et sauver sa grande famille, assistait à sa dissolution, et celle-ci était d'autant plus pénible qu'une nouvelle famille semblait émerger de l'ancienne, un clan dont il était exclu, car ceux et celles qui s'étaient sentis proches de Viviane se fréquentaient assidûment et multipliaient leurs liens en rejetant tous ceux qui s'étaient rendus responsables de la disparition de la jeune femme. Dans son nid d'aigle, Octave songeait à sa petite-fille, qui était aussi sa fille, et il éprouvait une soif de pardon qu'elle ne pouvait plus lui apporter. On avait éteint la lumière et c'était partout la nuit. Sans le dire à personne, le vieil homme avait refait son testament pour léguer tous ses biens à Jeanne, celle qui ressemblait le plus à Viviane. Loin d'effacer l'irréparable, ce geste soulignait un remords dont Octave ne se libérerait pas.

Une neige prématurée plongeait silencieusement le paysage dans une même quiétude blanche. Le calme doux de la lumière matinale offrait la caresse d'un meilleur avenir aux amoureux qui commençaient leur vie ensemble.

À la sortie du village, au carrefour du chemin qui conduisait au chalet familial, une femme faisait de l'auto-stop.

– Il doit faire froid, dit Madeleine. Prenons-la.

Hubert arrêta et baissa la vitre.

– Vous allez à Montréal?

– Oui.

– Eh bien, montez!

– Merci beaucoup.

L'inconnue fit signe à un chien, un grand chien qui semblait la surveiller, ou la protéger. La bête tourna le dos et s'enfonça dans la forêt. La femme prit place sur la banquette arrière. Elle était emmitouflée dans un vieux manteau de fourrure, on distinguait mal ses traits. Madeleine se tourna vers elle, en souriant.

– Tu habites par ici? demanda-t-elle. Tu as de la parenté dans la région?

– On a toujours des parents...

Quelle femme étrange! Sa voix venait de si loin! Elle portait de lourdes lunettes teintées. Sous son bonnet de poil épais, une mèche grise trahissait son âge, que démentait pourtant la fraîcheur étonnante de ses joues.

– Nous, lui confia Madeleine, nous avons décidé de quitter nos familles.

Hubert la regarda, surpris. Pourquoi racontait-elle cela à quelqu'un qu'ils ne connaissaient même pas?

– On porte toujours sa famille en nous, commenta l'inconnue. C'est important.

– Ça dépend de quelle famille! dit Hubert. Des fois, ça peut être étouffant.

– Pourquoi? Une famille, c'est des gens que le hasard a bien voulu placer autour de nous. Une voie d'accès à l'humanité. C'est bon.

Quelle voix curieuse! songea Hubert. Et ce qu'elle disait...

– Si quelqu'un, ton père, ta mère, ton frère, a fait gravement du tort à quelqu'un que tu aimais beaucoup...

– Tout arrive, dans la vie. Il est inutile de condamner. Des fois, on peut comprendre. Essayer de comprendre.

Un long frisson gagna Madeleine, comme si elle reconnaissait dans les propos de la femme l'écho d'une voix lointaine. On croisait déjà des camions et d'autres automobiles. Hubert se concentra sur la conduite de la voiture. Il convenait de se montrer prudent sur la chaussée parfois glissante.

– Je m'appelle Madeleine. Lui, c'est Hubert. Et toi?

L'inconnue secoua la tête, doucement.

– Ce n'est pas important, n'est-ce pas?

Surprise, Madeleine laissa cette voix paisible entrer en elle, avec sa sérénité contagieuse. Ainsi la neige recouvrait indistinctement les arbres, les maisons et les champs pour les présenter à la lumière diaphane du matin.

– Connais-tu des gens, au village?

– Je ne sais pas. Oui, se reprit-elle, j'ai un vieil ami. Ernest. Je restais chez lui.

– Mais c'est notre voisin! Le chalet, à côté, près du lac, c'est à nous. Enfin, à la famille.

– Il semblait abandonné.

– On y va surtout l'été.

Hubert ralentit en apercevant un motel.

– Que diriez-vous d'un petit déjeuner? Le restaurant semble ouvert.

– C'est une bonne idée, approuva Madeleine. Es-tu d'accord? As-tu le temps?

– Bien sûr, répondit l'inconnue.

Le petit casse-croûte insipide et banal dispensait une chaleur accueillante. La femme s'installa devant eux. Ils éprouvaient une étrange difficulté à la regarder, à s'habituer à la luminosité de son visage. Ils distinguaient maintenant ses traits, malgré les lunettes, malgré le bonnet et le cache-col qu'elle ne songeait pas à retirer, comme si elle avait encore froid. Sans cette mélancolie dessinée sur les lèvres, sans ses cheveux dont les fils blancs brillaient parfois, elle aurait pu ressembler à Viviane, si celle-ci n'était pas morte.

– Vous avez l'air heureux, tous les deux, murmura l'inconnue.

– Nous nous aimons beaucoup, tu sais, dit Madeleine.

– Tu n'as pas besoin de le dire, cela se voit.

Troublé par l'infinie tendresse de sa voix, Hubert dévisagea cette femme mystérieuse, inattendue, apparue comme un rêve au bord du chemin.

– Tu n'as pas l'air réelle, murmura-t-il.

L'inconnue esquissa un sourire et posa sa main sur celle du jeune homme. Elle toucha ensuite Madeleine, de la même façon.

– Ce n'est pas ça, dit Hubert. Tu es là, on ne sait pas d'où tu viens, et on se sent bien. Sereins. C'est incompréhensible.

– Il est bon de faire une place à ce que nous ne comprenons pas, répondit l'étrangère.

Elle commença à manger. Madeleine l'imita, puis Hubert.

– Pourquoi faut-il que les gens soient si peu tolérants? demanda-t-il soudain.

– On a toujours un équilibre à protéger. Le bouleau veut demeurer bouleau, l'ours polaire veut demeurer ours polaire. Les gens aussi. Et c'est difficile, parce que le cœur change toujours, les autres changent toujours, la vie bouleverse et transforme tout ce qu'elle touche. Chacun veut préserver ce qu'il est, ce en quoi il croit, sans s'attarder à penser qu'il changera lui-même bien des fois au cours de son existence, aussi profondément que le monde.

L'inconnue sourit, radieuse et tranquille. Cette femme avait tout vu, tout connu, tout vécu, et son sourire livrait un bilan. Un bilan intrigant, imprégné de douceur.

– Je ne sais pas qui tu es, dit Hubert J'ai pourtant l'impression que tu pourrais répondre à une question : que faut-il faire, quand des gens, des gens que nous aimons, commettent des actes atroces, absolument mauvais?

Il songeait encore à son père, à Raymond, à ceux qu'il avait voulu punir en disparaissant ainsi de leur vie.

– Comprendre et pardonner, répondit l'inconnue, simplement.

Elle but lentement son café.

– Il ne faut pas donner trop d'importance aux actes, même les plus cruels, ajouta-t-elle. Les gens sont ailleurs que dans leurs actes. Chacun est capable du pire, et ceux qui font le pire sont capables, un jour, de faire beaucoup de bien. Vivre, c'est changer toujours. C'est aussi essayer de rester soi-même. Bien des gens trouvent cela très difficile. Et ce l'est.

– Nous avons connu une personne comme toi, murmura Madeleine.

Elle se tourna vers Hubert, et son visage lui renvoyait le même point d'interrogation.

– Comment faire, puisque c'est si difficile? demanda-t-il.

– Je ne sais pas. Chacun a toutes les réponses en soi, et ce sont des réponses différentes. On peut aimer ce qui nous entoure, ce qui nous a entourés, ce qui nous entourera. Vivre, comme on nage.

Vivre, aimer... Ils avaient déjà entendu ces mots, prononcés sur le même ton paisible des vérités éternelles.

– Merci beaucoup, dit l'inconnue, qui avait fini de manger.

Elle se leva, en leur adressant un vague geste de tendresse. Hubert et Madeleine se regardèrent, comme si ce dernier sourire venait de pénétrer en eux à la façon d'un rayon de lumière.

– J'ai l'impression que ma vie commence aujourd'hui.

– Je suis heureux que la mienne commence avec toi.

Mais où était passée leur invitée? Hubert sortit. Il ne la vit nulle part. Madeleine se rendit dans la salle de bains. Personne. La serveuse, maintenant à la caisse, n'avait rien remarqué. La préposée au motel se rappelait une femme qui se dirigeait vers la route. On ne distinguait aucune trace fraîche sur la neige.

– Je crois qu'il est inutile d'attendre. Elle a dû faire du stop. Je ne comprends pas...

Ils montèrent dans la voiture. Le souvenir de l'inconnue les accompagnait, comme si elle était demeurée là, infiniment présente.

– Tu sais, murmura Madeleine, le cœur dans la gorge, j'ai eu l'impression que c'était elle.

Il avait pensé la même chose, sans pouvoir y croire.

– Elle ne lui ressemblait pas, sauf peut-être... son sourire...

– Et son visage... Ses joues, ses lèvres... L'aurions-nous rêvé?

Un panneau annonçait déjà Montréal.

– Je ne sais pas si c'était Viviane, dit Hubert. Nous ne le saurons jamais. Ce que nous savons, c'est qu'il y a des lumières qu'on n'éteint pas.

Dans la collection
Romans

- Jean-Louis Grosmaire, **Un clown en hiver,** 1988, 176 pages. Prix littéraire **LeDroit,** 1989.

- Yvonne Bouchard, **Les migrations de Marie-Jo,** 1991, 196 pages.

- Jean-Louis Grosmaire. **Paris-Québec,** 1992, 236 pages, série « Jeunesse », n° 2. Prix littéraire **LeDroit,** 1993.

- Jean-Louis Grosmaire, **Rendez-vous à Hong Kong,** 1993, 276 pages.

- Jean-Louis Grosmaire, **Les chiens de Cahuita,** 1994, 240 pages.

- Hédi Bouraoui, **Bangkok blues,** 1994, 166 pages.

- Jean-Louis Grosmaire, **Une île pour deux,** 1995, 194 pages.

- Jean-François Somain, **Une affaire de famille,** 1995, 228 pages.

Les Éditions du Vermillon
305, rue Saint-Patrick
Ottawa (Ontario) K1N 5K4
Téléphone : (613) 241-4032
Télécopieur : (613) 241-3109

Distributeur :
Québec Livres
2185, Autoroute des Laurentides
Laval (Québec)
H7S 1Z6
Téléphone : 1-800 251-1210 et (514) 687-1210
Télécopieur : (514) 687-1331

Ce livre est le cent dix-neuvième
publié par les Éditions du Vermillon.

Composition
en Bookman, corps onze sur quinze
et mise en page
Atelier graphique du Vermillon
Ottawa (Ontario)
Films de couverture
Sotek Graphics
Gloucester (Ontario)
Impression et reliure
Les Ateliers Graphiques Marc Veilleux Inc.
Cap-Saint-Ignace (Québec)
Achevé d'imprimer
en septembre mil neuf cent quatre-vingt-quinze
sur les presses des
Ateliers Graphiques Marc Veilleux Inc.
pour les Éditions du Vermillon

ISBN 1-895873-27-4

Table des matières